FÜR FRIGI
HERZLICHST

MUCKENSTRUNTZ & BAMSCHABL
IM REICH DER UNSINNE

MUCKENSTRUNTZ & BAMSCHABL

IM REICH DER UNSINNE

Filmszenen, die nie gezeigt wurden

NP
VERLAG NIEDERÖSTERREICHISCHES PRESSEHAUS
St. Pölten–Wien

1. Auflage 1994

Einbandgestaltung:
Atelier Rendl, Wien

Gesamtherstellung:
Niederösterreichisches Pressehaus
Druck- und Verlagsgesellschaft mbH
A-3100 St. Pölten, Gutenbergstraße 12

ISBN 3 85326 007 1

104 VORWÖRTER

Die Idee zu diesem Buch kam uns, als wir den Science-Fiction-Film *Knorz der Ulanbator* schon das dritte Mal sahen und immer noch ratlos waren: Wieviele verworfene Fassungen mußten wohl diesem Meisterwerk vorangegangen sein, um es derart reifen zu lassen?
Als Oscar verkleidet schlich sich der Kleinere von uns in Hollywood ein, wurde an Senta Berger verliehen für die beste Küchenrolle in dem Film *Der heiße Brei* und gelangte so in die geheimen Archive der Filmmetropole.
Was Sie jetzt in Händen halten, ist Filmgeschichte. Originalszenen aus berühmten Filmen, wie sie ursprünglich gedacht waren und dann aus unerklärlichen Gründen doch wieder umgeschrieben worden sind.

Muckenstruntz & Bamschabl

Hollywood, im Frühjahr 1994

DEMNÄCHST IN DIESEM THEATER

59 DER GROSSE HOUDINI
Tony Curtis als Houdini
Jack Lemmon als Besucher

64 DER DISKRETE SCHERM DER BOURGEOISIE
Cathérine Deneuve und Michel Piccoli als Gastgeber. Peter Sellers als Gast

67 ZDF
Yves Montand als Vater
Simone Signoret als Mutter

68 CYRANO DE BERGERAC
Gérard Depardieu als der Dichter Cyrano
Alain Delon als dessen Freund

71 CHIKAGO 19.30^{h}
Der Kampf gegen das organisierte Erbrechen
Franz Suhrada als Elliot Loch Ness. Manfred Krug als erster Gast. Johanna von Koczian als zweiter Gast. Ossy Kolmann als Kellner

74 DAS SUPERHIRN
Gene Wilder als Arzt
David Niven als Patient

76 KLOFRAUENREPORT, 64. TEIL
Sophia Loren als erste Klofrau
Dolores Schmidinger als zweite Klofrau

KATASTROPHENFLUG NR. 7321652176

Charlton Heston als Pilot
Sylvester Stallone als Terrorist

Im Cockpit eines Passagierflugzeuges.
Pilot und Copilot sitzen nebeneinander, dahinter der Funker.

PILOT Irakischer Bergheuschreck mit vier Buchstaben!

CO Ist schon was da?

PILOT Ja: Frmst!

CO Das sind doch fünf Buchstaben!

PILOT Ja, da kann eh was nicht stimmen! *(Zu Funker)* Kennst du einen irakischen Bergheuschrecken mit vier Buchstaben?

FUNKER What did you say?

PILOT Ah so, ja: Do you know an – äh – Irakean Mountain Hey Frightener with four letters?

FUNKER A what??

Ein Terrorist stürmt ins Cockpit.

TERRORIST Im Namen der IOFDDVEIDHTTFAKP, der „Irakischen Organisation für die Durchsetzung von einmal in den Hintern Treten täglich für alle kapitalistischen Politiker", übernehme ich im Namen der –

PILOT Das trifft sich gut! Kennen Sie einen irakischen Bergheuschreck mit vier Buchstaben?

TERRORIST STFHK!

PILOT Das sind ja auch fünf Buchstaben! Da kann ich ja gleich Frmst lassen!

TERRORIST STFHK stehen für „Stoßtrupp für Himmelfahrtskommando"! Das sein ich! Nicht Heuschreck! Ich übernehmen Kommando hier! Ich entführen Maschine nach Bagdad!

CO Ja, aber wir fliegen ohnedies nach Bagdad!

TERRORIST Was, nicht nach Klagenfurt?

PILOT Nein, nach Bagdad!

Stürmische Heiterkeit bei den Piloten.

TERRORIST *(kramt zwischen Bergen von Handgranaten und Handfeuerwaffen nach seinem Ticket)* Ah ja!

Reisebüro Sabotage! Entschuldigung, das sein Irrtum! *(Geht ab)*

PILOT 2 senkrecht: Schußwaffe! – Revolve! Klingt irgendwie unvollständig! Und dann heißt der Heuschreck nicht Frnst, sondern Frlst!

EINER FLOG ÜBER DAS OSTERNEST

Gina Lollobrigida als erstes Ei
Melina Mercouri als zweites Ei

Eine Wiese.
Zwei weibliche Ostereier sitzen nebeneinander in einem Nest.

ERSTES EI Sagen Sie, ist Ihnen auch so kalt wie mir?

ZWEITES EI Ach, mir wird jetzt erst langsam wieder besser. Kochen Sie einmal zehn Minuten lang in grünem Essig!

ERSTES EI Ja, Schönheit muß leiden! Wo haben Sie's denn machen lassen?

ZWEITES EI In der Küche.

ERSTES EI Ah! Dort dürfen S' nicht hingehen! Das sind ja die reinsten Barbaren dort! Haben Sie schon einmal gesehen, wie die dort mit dem Schnitzelfleisch umgehen? Erst wird's windelweich geschlagen und dann geteert und gefedert!

ZWEITES EI Wo haben Sie das her?

ERSTES EI Mein Cousin hat dort als Brotaufstrich gearbeitet!

ZWEITES EI Wo waren denn Sie operieren?

ERSTES EI Im Kinderzimmer!

ZWEITES EI Ach, Sie waren privat?

ERSTES EI Ja, aber das war's mir wert! Die Tochter des Hauses hat mich selbst geküßt!

ZWEITES EI Geküßt? Ich hab' geglaubt: operiert?

ERSTES EI Na, ausgeblasen! – Und bemalt!

ZWEITES EI Also, die Streifen machen Sie wirklich schlank!

ERSTES EI Wissen Sie, was ich abgenommen habe? 98 Prozent!

ZWEITES EI Hören Sie, wie lange müssen wir denn noch da sitzen?! Ich glaube, die finden uns nicht!

ERSTES EI Pssst! Da kommt jemand! – Der sieht uns wirklich nicht! Wir sind zu gut versteckt. Hoffentlich steigt der nicht auf uns drauf!

ZWEITES EI Machen Sie keine Witze! – Heee!!! – Da sind wir!! Hallobrädrrrscgrmpf –

DR. SCHIWAGO, ERSTER VERSUCH

Maria Wegotschnick, Ursula Wabradil und Cathérine Deneuve als Patientinnen

Im Warteraum einer Artzpraxis. Vier Damen und ein Herr warten und lesen Frauenzeitschriften.

ERSTE DAME Mein Gott, na, mein Gott!

ZWEITE DAME Haben S' so Schmerzen?

ERSTE DAME I? Na, i net! Die Marcos da, die Ismelda, die lassen s' immer so lang stehen, wenn die Leut so jubeln, daß s' ganz geschwollene Füß kriegt! Jetzt passen ihr ihre tausend Schuhe nimmer!

ERSTE DAME Na gehn S'.

ZWEITE DAME Die san so grausam dort!

DRITTE DAME Da steht a: Frau von den Philippinen geheiratet – tot!

ERSTE DAME Die haben ja alle was! Mein Sohn hat eine aus Ankara, zum Putzen, die hat dauernd die Regel, sagte er!

ZWEITE DAME Des kann psychisch sein!

ERSTE DAME Die wissen doch net, was des is!

ZWEITE DAME Sagen S' das nicht! So psychomatisch! Wegen die Supermärkte! So was haben die ja noch nie gsehn!

DRITTE DAME Und da kriegen s' dauernd die Regel?

ZWEITE DAME Und wie!!

VIERTE DAME *(vornehm-indigniert)* Entschuldigen Sie, daß ich mich einmische, aber das ist absoluter Blödsinn!

ZWEITE DAME Wie wollen Sie denn da mitreden? Sie sind doch pumperlgsund! I hab Bandscheiben! I waß, was i red!

VIERTE DAME Aber Sie sprachen doch von Psychosomatik!

ZWEITE DAME Von was?

ERSTE DAME Aber i krieg beim Billa a immer Kreuzweh bei der Kassa!

ZWEITE DAME Das ist typisch!

ERSTE DAME Aber i bin do net aus Ankara!

ZWEITE DAME Deswegen kriegen S' auch net die Regel!

ERSTE DAME Des tut so weh, von oben weg bis da her! *(Zeigt am Rücken)*

ZWEITE DAME Da müssen S' amal an Vorfall erleben!

ERSTE DAME Hab i am Dienstag! Da hat a Neger dort was gstohln!

ZWEITE DAME Bandscheiben!

ERSTE DAME Na, Soletti!

ZWEITE DAME Na, i man an Bandscheibenvorfall! Da schreien S' nur noch!

ERSTE DAME Des haben S' dort eh: Zwei Frauen haben das gsehn, wie er die Soletti in die Hosen nei hat!

DRITTE DAME Bei uns hat einer Kanarienfutter in die Pudlhauben gleert!

ERSTE DAME Man kann nirgends mehr hingehen!

STIMME *(aus dem Lautsprecher)* Herr Omör, bitte!

Der Herr steht auf.

ZWEITE DAME Sie waren doch nach mir!

DER HERR Ich nur holen Rezept!

Der Herr geht hinein.
Stille. Dann:

ZWEITE DAME Was macht der da überhaupt?! Der gehört doch zum Psychiater!

DR. SCHIWAGO, ZWEITER VERSUCH

Omar Sharif als Dr. Schiwago
Peter Ustinov und Klausjürgen Wussow als Arztkollegen

Ein stilvoll eingerichtetes Wohnzimmer.
Dr. Schiwago, Dr. Kahl und Dr. Seiffert sitzen und essen, die zugehörigen Damen bedienen sie.

DR. SCHIWAGO Also, deine Lauchpasteten sind hinreißend, Martha!

DR. KAHL Sozusagen durchlaucht!

Alle krümmen sich vor Lachen. Dr. Seiffert fällt die Salatschüssel in den Schoß.

DR. SEIFFERT Jessas na! Wenn das die Ruttner sieht, läßt sie mich an keinen Stupendix mehr ran!

DR. SCHIWAGO Die hat doch selbst in der Stiftung einen Rubikus verhaut. Ich hab' den Todtmann abgestrichen. Das war eindeutig insuxiv!

DR. KAHL Das kann aber auch eine Neuralvactanz sein! Die inbelliert gerne!

DR. SCHIWAGO Aber doch nicht nach einem Flatus! Danke, keine Mayonnaise mehr!

DR. KAHL Das war ein Flatus? Die Meier hat gesagt, es war eindeutig ein Selbringsynphon!

DR. SCHIWAGO Ah! Die kann doch keinen Dahlmann von einer Anoplacia unterscheiden! Ist noch Rotwein da?

Zwei der Damen putzen Dr. Seifferts Hose mit ihren Servietten.

DR. SEIFFERT Ich hab' einmal einen Adralkollex prosperiv behandelt! Das ging ohne die geringste Blasmose!

DR. KAHL Ja, aber mit Ventil postpubertiert!

DR. SEIFFERT I wo! Mit Kanal!

DR. SCHIWAGO Ich weiß! Das kann gehen!

DR. SEIFFERT *(zu den Damen)* Hört ihr, wenn ihr noch lange da rubbelt, werd' ich noch ganz sektiv!

Alle brüllen vor Lachen.

DR. SCHIWAGO Ich war doch auf dem Stolistenkongreß im Februar. Da war ein Professor Gartenlaub aus Kalifornien, der ist deswegen dort noch sehr umstritten!

DR. SEIFFERT Ja, die instubieren ja vorher!

DR. SCHIWAGO Nicht deswegen! Wegen dem Neuralkompaß!

DR. KAHL Der ist existiv, wenn man nicht sofort mit Ventil postpubertiert!

DR. SEIFFERT Ja, bei einem Kompaß schon! Das ist eh klar! Mein Gott, nicht soviel Salat! Das ist ja mehr als vorher! *(Setzt sich)*

DR. SCHIWAGO Jetzt müssen wir einmal auf unsere charmanten Damen trinken! Das ist wirklich eine so nette Unterhaltung jedesmal bei euch, Martha!

ALLE Ja, prost! Zum Wohl!

Dr. Seiffert fällt die Salatschüssel in den Schoß.

DAS SCHWEIGEN DER LÄMMER

Buster Keaton als erstes Lamm
Ben Turpin als zweites Lamm
Rudolph Valentino als Geier

Zwei Lämmer grasen friedlich auf einer Wiese, bis zu dem Moment, da sie beide gleichzeitig ein besonders saftiges Grasbüschel entdecken und es keiner dem anderen gönnt.

ERSTES LAMM „..............................!"

Das läßt sich das andere natürlich nicht gefallen und schweigt wütend zurück.

ZWEITES LAMM „........!!"

Kein Wort gibt das andere.

ERSTES LAMM „......................!!"

Das erste Lamm schubst das zweite Lamm zur Seite, dieses stolpert und fällt mit dem Gesicht in eine zufällig dort stehende Sahnetorte.

ZWEITES LAMM „..!!!!!"

Blind vor Wut (bzw. vor Sahne) rächt sich das zweite Lamm, indem es dem ersten Lamm eine Bananenschale unter die Hufe legt, auf der dieses auch sofort ausrutscht und kopfüber in ein Schlammloch fällt.

ERSTES LAMM „.............!!"

Schwarz vor Ärger (bzw. Schlamm) ergreift das erste Lamm einen zufällig dort stehenden Kübel mit roter Farbe und stülpt diesen dem zweiten Lamm über den Kopf.

ZWEITES LAMM „...................!!"

Da es sich um einen Stummfilm handelt, hören die beiden Streithähne (bzw. Streitlämmer) leider nicht, daß über ihnen ein Geier kreischend seine Kreise zieht. Glücklicherweise bemerken sie aber seinen Schatten noch rechtzeitig, bevor er auf sie herabstößt.

ERSTES LAMM *(hinaufschauend)* „.....!"
ZWEITES LAMM *(ebenfalls hinaufschauend)* „.............?"

ERSTES UND ZWEITES LAMM *(gleichzeitig)* „.........!!!“

In Todesangst flüchten die Lämmer unter einen Baum, von wo aus sie zusehen müssen, wie ihnen der Geier ihr umkämpftes Grasbüschel wegfrißt. Es ist nämlich kein Lämmer-, sondern ein Grasgeier, womit die beiden Unglück im Glück haben.

WINNETOU I

Pierre Brice als Winnetou
Louis de Funès als Old Shatterhand

Old Shatterhand und Winnetou treffen das erste Mal aufeinander.

WINNETOU Das Bleichgesicht soll mir seinen Namen nennen!

OLD SHATTERHAND Old Shatterhand! Und wer magst du sein?

WINNETOU Winnetou!

OLD SHATTERHAND Nein, nicht ich! Du!

WINNETOU Winnetou!

OLD SHATTERHAND Nicht Winne! Old Shatterhand!

WINNETOU Old Shatterhand, du!

OLD SHATTERHAND Richtig! Und wer magst du sein?

WINNETOU Winnetou!

OLD SHATTERHAND Ja, gibt's denn das auch?! Winnetou ist falsch!! Old Shatterhand, ich! Du Karli oder Franzi oder Fliegender Pfeifendeckel in der Abendröte!

WINNETOU Ich nicht Fliegender Pfeifendeckel in der Abendröte, ich Winnetou!

OLD SHATTERHAND Moment jetzt. Ich oder du?

WINNETOU Ich!

OLD SHATTERHAND Du bist Winne?
WINNETOU Tou!
OLD SHATTERHAND Ich nicht! Du!
WINNETOU Ich nicht Winne!
OLD SHATTERHAND Also doch nicht?
WINNETOU Winnetou!
OLD SHATTERHAND Ich nicht!
WINNETOU Ich schon!
OLD SHATTERHAND Also doch du!
WINNETOU Nicht Also doch du! Winnetou!!
OLD SHATTERHAND Ich nicht Winne!!!
WINNETOU Du Nichtwinne!
OLD SHATTERHAND Richtig!
WINNETOU Mein Bruder Nichtwinne hat seltsamen Namen!

29

DAS SCHUNKELBUCH

Jean Gabin, Fernandel, Terence Hill als Affen
Bette Davis als Äffin

Am frühen Morgen in einem Affenkäfig in einem Tiergarten.
Eben hat der Wärter das Futter reingestellt, und schon balgen sich die Affen darum.

AFFE 1 He, ich war zuerst da! Bitte hinten anstellen!

AFFE 2 Ich will doch bloß e i n e Banane!

AFFE 1 Na und? Da könnte sich doch jeder vordrängen!

AFFE 2 Aber Sie brodeln da so herum, und meine Liane hängt in der zweiten Spur!

ALTER AFFE *(kommt dazu)* Wem gehört die Liane da draußen?

AFFE 2 Mir! Sehen S', da haben wir's schon!

ALTER AFFE Sie blockieren ja den ganzen Sprungbaum!

AFFE 2 Jaja, ich komme ja schon! Der Herr da macht nicht weiter!

AFFE 1 Ich?? Sie waren nach mir dran!

ALTE ÄFFIN Jaja, ich hab's genau gesehen! Der junge Mann da drängt sich dauernd vor!

ALTER AFFE Also, was ist jetzt mit Ihrer Liane? Die ersten Menschen kommen schon, und keiner kann ans Gitter hupfen, weil Sie im Weg hängen!

ALTE ÄFFIN Was, die Menschen kommen schon?! Und ich bin noch nicht einmal entlaust!

ALTER AFFE Da hat jeder eine Banane, und jetzt gehen wir Menschen schauen!

ALTE ÄFFIN Ich hätte noch gerne zehn Deka Aschanti und das Stück Kohlrabi dort!

ALTER AFFE Das holen Sie sich gefälligst selber!

AFFE 2 Aber bitte hinten anstellen!

ALTE ÄFFIN Jetzt werden Sie nicht noch frech, Sie Mensch Sie!

AFFE 2 Von I h n e n lass' ich mich nicht beleidigen! Ich schau mir jetzt die Menschen an!

ALTE ÄFFIN Vergnügungssüchtig, diese Jugend! Den ganzen Tag hocken sie vor dem Gitter und schauen sich einen Menschen nach dem anderen an! Apropos Menschen, haben Sie dieses alte Ehepaar gestern vormittag gesehen?

AFFE 1 Gestern? Nein, aber ich glaube, das hab' ich schon vor längerer Zeit einmal gesehen! Muß eine Wiederholung gewesen sein!

ALTE ÄFFIN Ach so? Ja, jetzt in der Saurengurkenzeit bringen sie die ganzen Alten noch einmal!

AFFE 1 Ich hab' gestern auf der anderen Seite geschaut! Da war ein Kindergarten mit einer Tante!

ALTE ÄFFIN Das schaut sich mein Enkerl immer an. Weil am Abend dürfen die Kleinen ja nicht mehr schauen!

AFFE 1 Na, normalerweise schau ich mir die Kinder und so ja auch nicht an, aber hie und da hat eines einen Fußball mit, und als alter Sportsnarr lass' ich da natürlich nichts aus!

ALTE ÄFFIN Na, das interessiert mich wieder weniger. Vorige Woche gab's da eine endlose Diskussion über Fußball von zwei Menschen, da bin ich dann zum anderen

Gitter übergewechselt, da war Seniorenklub!

Man hört Ohrfeigengeräusch und anschließend Geheule.

ALTE ÄFFIN Bitte, geben Sie sich das! Um diese Zeit bringen sie schon die ganz brutalen Sachen!

AFFE 1 Wo?

ALTE ÄFFIN Dort! Der Vater dort haben eben seinem Kind eine geklebt! Um d i e Zeit, wo die Kleinen alle zuschauen!

AFFE 1 Haha, jetzt schimpft die Mutter wieder auf den Vater ein!

ALTE ÄFFIN Ich sag's ja! – Haben Sie das gesehen? Das Kind hat seinem Vater ins Schienbein getreten!

AFFE 1 Was will der Kleine eigentlich?

ALTE ÄFFIN Ich weiß auch nicht! Ich hab' den Anfang versäumt!

AFFE 1 Walkman will er hören! Jetzt hat er's durchgesetzt!

ALTE ÄFFIN Mein Gott, ist das laut! Stellen S' das doch bitte leiser!

AFFE 1 *(versucht, durch das Gitter zum Kassettenrekorder zu greifen, aber der Bub weicht zurück)* Das mit dem Ton-Leiser-Stellen ist immer so ein Problem!

ALTE ÄFFIN *(schießt eine Aschantinuß hinaus)* Gut, daß ich die Fernbedienung hab'!

AFFE 1 *(schunkelt zur Musik)* Wollen S' eine Aschanti?

ALTE ÄFFIN Bitte, ja! – Essen Sie beim Zuschauen auch immer dieses Nußzeugs?

AFFE 1 *(kauend)* Jaja! Ich kann nicht anders!

ALTE ÄFFIN *(kauend)* Ach ja! *(Knusper, knupser)*

DIE FLIEGE

Emil als Professor
Sophia Loren als dessen Frau

Ein Schlafzimmer.
Prof. Weger, ein junger, dynamischer Physiker, überzeugt sich eben, daß ihn niemand sieht, und steigt dann vorsichtig in den Kleiderschrank. Man hört dumpfes Dröhnen und hohes Pfeifen, Blitze schlagen aus dem Schrank.
Da kommt seine Frau herein.

EHEFRAU Albert, du hast schon wieder den Philodendron mit Sliwowitz gegossen! Wenn du doch einmal mit dem Kopf bei uns wärst!

Aus dem Kleiderschrank quillt Nebel.

EHEFRAU Albert! Das ist der Kasten, nicht der Rauchsalon!
PROFESSOR *(aus dem Kasten)* Ich erkläre dir gleich alles, Liebling!

Ein lauter Knall, und der Professor steigt aus dem Nachtkastl auf der anderen Seite des Zimmers heraus.

PROFESSOR Ich habe es geschafft! Ich kann mich beatmen!
Ich steig hier in den Kasten rein und dort aus dem Nachtkastl raus!
Zwanzig Jahre Forschungsarbeit waren nicht umsonst! *(Umarmt seine Frau)*

EHEFRAU Du immer mit deinen blöden Experimenten! Jetzt fühlst du dich wieder an wie ein Stofftier!

PROFESSOR Wie ein was?

EHEFRAU Albert, du wirst ganz grün und rot kariert! Ist dir nicht gut?

PROFESSOR Grün und rot kariert, sagst du??

EHEFRAU Und so stoffig!

PROFESSOR *(reißt die Kastentür auf)* Wo ist meine Fliege?

EHEFRAU Welche Fliege??

PROFESSOR Das rot und grün karierte Mascherl!!

EHEFRAU Wieso?

PROFESSOR *(seine Arme und Beine werden langsam zu riesigen Stofflügeln)* Emmi, ich muß meine Fliege mittransferiert haben! Jetzt habe ich zum Teil Mascherlmoleküle in mir! Ich werde langsam zur Fliege!

EHEFRAU Kannst du mir vorher noch den Philodendron umsetzen?

PROFESSOR pfrmmskrkt...

CLEOPATRA

Elizabeth Taylor als Cleopatra
Alexander Bisenz als Cäsar

Cäsar und Cleopatra sitzen in einer Sänfte, die von vier schwarzen Sklaven durch Alexandria getragen wird, und spielen „Mensch, ärgere dich nicht“.
Einer der Sklaven stolpert, und das Spielbrett fällt auf den Boden.

CLEOPATRA Ooooch! Grad jetzt, wo ich dich, gütiger Beherrscher des Weltkreises, rausschmeißen wollte!
CÄSAR Was soll ich machen? Die Würfel sind gefallen!

Der Sklave stolpert schon wieder.

CÄSAR *(ungehalten)* Ja, was ist denn?!
CLEOPATRA Vielleicht haben wir einen Plattfuß?
CÄSAR Kann ich mir nicht vorstellen! Ich war erst beim Orthopäden mit ihnen! – Alles stop!

Beide steigen aus, Cäsar beäugt den schwitzenden Sklaven rechts vorne.

CÄSAR Der ist ja ganz heiß!

ERSTER SKLAVE Ich nix kriegen mehr Luft!

CÄSAR Der hat zuwenig Luft! Bei der nächsten Taverne muß hier Luft kontrolliert werden!

ZWEITER SKLAVE Ich auch Luft!!

Alle Sklaven rufen durcheinander.

CLEOPATRA Du lieber Schwan, dieses Temperament!

CÄSAR *(hilft Cleopatra beim Einsteigen und nimmt selbst Platz)* Tja, mit 4 MS luftgekühlt geht schon mal was ab! Allbeinbetrieben kommst du auch im unwegsamen Gelände weiter!

CLEOPATRA Was braucht der?

CÄSAR Wie bitte?

CLEOPATRA *(überbrüllt Sklaven)* Ein bißl laut ist er schon! Ich sagte: Was braucht der ??

CÄSAR Unter 20 dkg Bohnen auf 100 Meilen. Mit Peitsche natürlich mehr!!

ALLE VIER SKLAVEN *(entsetzt)* Nix Peitsche!

Sie gestikulieren wild durcheinander, dabei fällt die Sänfte auf den Boden. Cleopatra kriecht stöhnend heraus.

CÄSAR Das ist mir sehr peinlich!
CLEOPATRA Auf Wiedersehen! *(Humpelt weg)*
CÄSAR Aber Cleopatra! *(Seufzend)* Ich kam, sah und – verlor!

POLTERGEIST, 13. FOLGE

Bette Davis als Emma
Isabelle Adjani als Martha
Heinz Rühmann als Herr Josef

Ein abgedunkeltes Zimmer.
Um den Tisch sitzen Karin, Emma, Martha und Herr Josef. Alle berühren einander mit den Fingerspitzen auf dem Tisch und starren auf eine Kristallkugel.
Das Medium – eine Dame – konzentriert sich lange und fällt schließlich in Trance, indem sie mit dem Sessel nach hinten umkippt und liegenbleibt.
Stille. Dann:

HERR JOSEF Jenseitige Geister, wir rufen euch!
ALLE Wir rufen euch!
MEDIUM *(am Boden liegend, mit tiefer Männerstimme)* Servas!
KARIN *(aufgeregt)* Mein seliger Mann!! Ja, Hugo!
MEDIUM *(immer mit dieser Baßstimme)* Wo ist mein Bier?
KARIN Aber Hugo?!
MEDIUM Was heißt „Aber Hugo"!? Immer „Aber Hugo, aber Hugo!"
KARIN Aber Hugo!
MEDIUM Na, was sag i! I stirb mit dir!
KARIN Aber du bist doch schon tot!

MEDIUM Herrschaftnocheinmabrbrbrbrbrbrbrbr-rbrbrbrbrbrbrb

KARIN Mein Gott, einer seiner Anfälle!

EMMA *(flüsternd)* Nein, nein. Das sind galaktische Energiestörungen. Gerade jetzt!

HERR JOSEF Vielleicht kriegen wir einen anderen Toten rein! Wir rufen dich!

ALLE Wir rufen dich!

MEDIUM *(wie ein Radioapparat)* zwiiiiiuuuuubrampf smarrrrffhhuuuuuuuuuussssiapf Emma-liebling, ich weiß, daß du mich vergiftet hast!

EMMA Das ist nicht wahr, Egon! Du hast selbst die Schwammerln gesucht!

MEDIUM Ja, aber ich bin auch an einem Semmel-knödel erstickt, in das du hübsch viel Gips reingetan hast!

EMMA Und wer hat mich dauernd betrogen?!

MEDIUM Du hast es mir nie nachweisen können!

EMMA Weil du sie mir nie gezeigt hast! *(Fuchtelt wild)*

HERR JOSEF Sie müssen die Fingerspitzen am Tisch lassen, sonst ist er weg!

EMMA Entschuldigen Sie! *(Beruhigt sich wieder)*

HERR JOSEF Jetzt ist der auch weg. Versuchen wir noch einmal, ihn reinzukriegen. Wir rufen dich!

ALLE Wir rufen dich!

MEDIUM *(wie vorhin)* Siuuuuuuzwaarrrrrpj-klhhdie Nachrichten: Handelsminister Laschober tritt heute seine zweitägige Handelsmission nach Südafrika an, ev-

HERR JOSEF Das ist nix! Wir rufen dich!

ALLE Wir rufen dich!

MEDIUM dcfvgbhnjmk lö dhfgkscjvcsdjgh

MARTHA Jetzt ist er endgültig weg!

MEDIUM swafffff striiiiiiiiiiiibin schon wieder da, Marthamausi!

EMMA M a r t h a mausi??? Du meinst E m m a - mausi!

MEDIUM Nein, M a r t h a mausi!!

Emma stiert auf Martha, die erstarrt neben ihr sitzt.

MEDIUM Schau mir in die Kugel, Kleines!

EMMA Wer?

MEDIUM Du nicht!

EMMA Ahhhhhhhhhhhhhhhhhh!

HERR JOSEF Stören Sie nicht die ewige Ruhe!

MARTHA *(verlegen)* Vielleicht liegt der Fehler am Energiefeld?

EMMA Was heißt Energiefeld??!! Mein seliger Mann ist mit dir höchstens im Kornfeld gelegen!!

MEDIUM Hohohohoho!

MARTHA *(in Richtung Kugel)* Egonschweindi! Sie –

EMMA Egonschweindi??? Marthamausi??? War ich doch eine blöde Kuh!!!

Emma springt auf und würgt Martha. Alle, außer dem Medium, springen auf und versuchen, die beiden zu trennen, aber vergeblich. Schließlich fällt Martha erwürgt unter den Tisch.
Alle starren auf Emma.

MEDIUM *(mit Egons Stimme)* Danke, Emma! Also, dann tschüß!

IM REICH DER UNSINNE

Eddie Constantine als Gast
Hu Wang Tang Dang als Fräulein

In einem Chinarestaurant.
Ein Herr bestellt.

FRÄULEIN Glüß Gott! Haben Sie schon gewählt?

GAST Ja, ich hätte gerne Nr. 33, Ching Fu Teng mit Reis.

FRÄULEIN Ching Fu Teng ist abel mit Nudel, nicht mit Leis!

GAST Mit Nudeln?

FRÄULEIN Sie meinen Hu Pfung, das ist mit Leis!

GAST Und das ist so wie Ching Fu Teng, nur mit Reis?

FRÄULEIN Nein, Ching Fu Teng a la Hu wäle Nl. 34 Knug gaga Knu!

GAST Ist das ein Nudelreis?

FRÄULEIN Nudelleis ist Nl. 36 Fnu Chop Sue odel Nl. 42 gueng da boleng, Ching Fu Teng ohne Nudel wäle Nl. 54 Bnong Du Flu, das ist abel dann mit Klabben!

GAST Aber ich will ja keine Krabben! Gibt es das Nr. 54, Bnong Du Flu, nur mit Reis?

FRÄULEIN Ohne Klabben?

GAST Genau! Jetzt kommen wir schon ran!

FRÄULEIN Das geht, abel das sein dann nul Leis, sonst nix!

GAST Hätten Sie zu dem Reis ein Wiener Schnitzel?

FRÄULEIN Mit Wienelschnitzel? Gelne! Essen Sie mit Stäbchen?

DIE WEISSE HÖLLE

Arnold Schwarzenegger als Skilehrer
Julia Roberts als Urlauberin

Kitzbühel, Hahnenkamm-Bergstation.

SKILEHRER Guten Morgen! Bist du Miss Cunningham?

URLAUBERIN Ja, und Sie sind sicher mein Skilehrer?

SKILEHRER Jawohl! Sag einfach Schorsch zu mir.

URLAUBERIN Gut, ich heiße Sue-Ellen-Mary-Ann, kurz: Sue-Ellen.

SKILEHRER Na, dann gehen wir's gleich an. Hast du schon Vorkenntnisse?

URLAUBERIN Nein, ich war noch nie in den Bergen.

SKILEHRER So ein Zufall, da müßten wir uns ja kennen, ich war nämlich auch noch nie *in* den Bergen. Aber *auf* den Bergen schon oft. Hahahahaha!

URLAUBERIN Hihi.

SKILEHRER So, genug gelacht, wir sind ja nicht zu unserem Vergnügen da. Also gib sieben, nein falsch, es heißt natürlich: gib acht. Hahahaha!

URLAUBERIN Hihi.

SKILEHRER Ich fahre voraus, und du machst mir ganz einfach alles nach. Hast du deine Säge mit?

URLAUBERIN Wozu eine Säge?

SKILEHRER Na, wenn die Schneebretter zu lang sein sollten. Hahaha!

URLAUBERIN Hihi.

SKILEHRER Jetzt aber los! Die Streif für Anfänger! Eigentlich müßte dein Skidress im Nadel-Streif gehalten sein. Hahaha!

URLAUBERIN Hihi.

Die beiden fahren los. Der Skilehrer blickt immer wieder hinter sich, um zu sehen, ob die Urlauberin auch alles richtig macht.

SKILEHRER Das klappt ja wunderbar, Sue-Ellen-Mary-Ann, kurz Sue-Ellen. Du bist ja ein richtiges Naturtalent. – Achtung, jetzt kommt der Steilhang – sehr gut. Vorsicht bei der Mausefalle, die ist immer vereist – großartig, du bist ja reif für den Ski-Zirkus.

– Schnell, schnell, sonst erreichen wir die Fünf-Uhr-Lawine nicht mehr. Haha! So, wir sind da, abschwingen und stehenbleiben. Fürs erste Mal war das recht ordentlich. Und weil es so gut gegangen ist, probieren wir es morgen einmal m i t Skiern.

ALIEN

Yul Brynner als Znor
Alexander Goebel als Aki
Philippe Noiret als Hopi

Speisesaal eines intergalaktischen Raumschiffes im Jahr 3000.
Alle Darsteller sind kahlköpfig und grün.

ZNOR Mahlzeit!
AKI Schon wieder Fleischbällchensuppe!
HOPI Sei nicht ungerecht! Gestern gab's Buchstabensuppe!
AKI Aber mit Fleischbällchen!
HOPI Die sind bloß von vorgestern übergeblieben!
ZNOR Ahhhhhhhhhhhhhhh!! *(Fällt nach hinten um und zieht dabei das Tischtuch mit den Suppen vom Tisch)*

Alle springen auf.

HOPI Um Himmels willen, was ist??
ZNOR Ein Haar in meiner Suppe!!
AKI Das bildest du dir bloß ein! Wir besitzen doch seit über tausend Jahren keine Haare mehr!

ZNOR Aber ich hab' es doch genau gespürt! Es hat meine Zunge angegriffen!

HOPI Wir müssen die Suppe isolieren!

Hopi und Aki schleifen Znor aus dem Raum und werfen die Türe zu.

HOPI Und was jetzt?

AKI Ich hab' meine Semmel drinnen vergessen!

HOPI Das auch noch! Wir brauchen einen Freiwilligen!

ZNOR Ich nicht! Eine Begegnung hat mir gereicht!

HOPI Wir werden das Schicksal entscheiden lassen! Am dam des, diesemale press, diesemale pumperness, am dam des! Aki, du bist es!

AKI Immer ich!

HOPI Nimm dein Wellengewehr und erledige das Haar!

ZNOR Ahhhhhhhhhhhhhh!!

AKI UND HOPI Um Himmels willen, was ist??

ZNOR Die Suppe rinnt unter der Türe durch! Daaa ist es!!

Aki feuert mit dem Wellengewehr auf das Haar.

AKI Jetzt hat's Dauerwellen!

HOPI Dafür kommt es jetzt nicht mehr unter der Tür durch! Wir müssen den Raum auch noch opfern!

AKI Ja, aber unser Raumschiff hat doch nur zwei Räu –

HOPI Keine Widerrede, das ist ein Befehl!

Sie öffnen die nächste Tür und fallen zweihunderttausend Meilen nach unten.

KRIECHOBST GEGEN KRIECHOBST

Liv Ullmann als Frau
Alfred Wurbala als deren Mann
Orson Welles als Standesbeamter

Standesamt.
Vor dem Standesbeamten stehen Herr Kriechobst und Fräulein Smrkal.

STANDESBEAMTER Geburtsurkunde, Staatsbürgerschaftsnachweis, Meldezettel, sehr gut!
Herr Franz Kriechobst, sind Sie gewillt, Frau Monika Smrkal zu ehelichen, dann antworten Sie mit Ja!

KRIECHOBST Ja

STANDESBEAMTER Frau Monika Smrkal, sind Sie gewillt, Herrn Franz Kriechobst zu ehelichen, dann antworten Sie mit Ja!

FRAU Ja!

STANDESBEAMTER Damit erkläre ich Sie für verheiratet! Wenn Sie jetzt bitte die Ringe tauschen!

KRIECHOBST Wieso soll ich die Ringe tauschen? Die sind doch schön genug!

STANDESBEAMTER Sie sollen sie doch nicht im Geschäft tauschen!

KRIECHOBST Das geht auch gar nicht, die sind vom Flohmarkt!

STANDESBEAMTER Sie sollen sie mit Ihrer Frau tauschen!

KRIECHOBST Alleine würde ich mir das eh nicht trauen!

STANDESBEAMTER Sie geben Ihren Ring Ihrer Frau, und Ihre Frau gibt Ihnen ihren Ring.

KRIECHOBST Wieder zurück?

STANDESBEAMTER Wieso zurück??

KRIECHOBST Aber Sie haben doch gesagt, ich gebe meiner Frau meinen Ring, und meine Frau gibt mir meinen Ring!

STANDESBEAMTER I h r e n Ring!

KRIECHOBST Sag' ich ja: meinen Ring!

STANDESBEAMTER Den von Ihrer Frau!

KRIECHOBST Den soll ich ihr geben?

STANDESBEAMTER Nein, Ihren!

KRIECHOBST Zum Umtauschen?

STANDESBEAMTER Nein!

KRIECHOBST Also doch nicht!

STANDESBEAMTER Sie tauschen die Ringe a u s !

KRIECHOBST Gegen was?

STANDESBEAMTER Gegen s e i t i g !

KRIECHOBST Seitig? Was ist das?

STANDESBEAMTER Ja so geben Sie Ihrer Frau doch endlich ihren Ring!

KRIECHOBST Meinen?

STANDESBEAMTER Ja, verdammt noch einmal!

KRIECHOBST Ja, aber meiner ist ihr doch zu groß!

STANDESBEAMTER Sie sollen ihr den Ring geben, in dem Ihr Name drinsteht!

KRIECHOBST Kriechobst?

STANDESBEAMTER Nein, Franz!!

KRIECHOBST Ja, aber das ist ja meiner!

STANDESBEAMTER Nein! Ihrer!

KRIECHOBST Mit meinem Namen?

STANDESBEAMTER Ja! Den sollen Sie eben tauschen!

KRIECHOBST Den Namen auch?

STANDESBEAMTER Nein, den Ring!

KRIECHOBST Mit meinem Namen?!

STANDESBEAMTER Ja!

KRIECHOBST Wer will denn schon einen Ring mit meinem Namen?!

STANDESBEAMTER Ihre Frau!

KRIECHOBST Und da sagen Sie, ich soll ihn tauschen!

STANDESBEAMTER Gegen den Ring Ihrer Frau!

KRIECHOBST Aber den hab' ja ich!

STANDESBEAMTER Na, den Ring mit dem Namen Ihrer Frau natürlich!

KRIECHOBST Dem Mädchennamen?

STANDESBEAMTER Ihren Vornamen!

KRIECHOBST Franz!

STANDESBEAMTER Nicht Ihren!

KRIECHOBST Na was jetzt? Sie haben doch gesagt, meinen Vornamen!

STANDESBEAMTER Ich hab' nicht gesagt: „Meinen Vornamen"!

KRIECHOBST Na, das fehlt noch, daß Ihr Vorname in meinem Ring steht! Wie heißen Sie denn eigentlich?

STANDESBEAMTER Franz.

KRIECHOBST Franz?? Dann steht ja wirklich Ihr Vorname drin!

FRAU Nein, Franz, er heißt auch Franz!

KRIECHOBST Das kann jeder sagen! Können Sie sich ausweisen?

STANDESBEAMTER Ich habe jetzt keinen Ausweis bei mir!

KRIECHOBST Typisch! Wer sagt mir, daß Sie kein Heiratsschwindler sind?!

FRAU Aber Franz! Ich kenn' den Herrn ja gar nicht!

KRIECHOBST Na, und was macht dann sein Name in deinem Ring?

FRAU Das ist ein Mißverständnis! Er hat –

KRIECHOBST Was heißt Mißverständnis?! Jetzt weiß ich auch, warum er unbedingt wollte, daß ich meinen Ring umtausche!

FRAU Du solltest ihn nicht umtauschen, sondern mir geben!

KRIECHOBST *(laut)* Damit du mit dem dort abhaust!

FRAU Herr Rat, mein Mann versteht mich nicht!

STANDESBEAMTER Trösten Sie sich, ich verstehe ihn auch nicht!

KRIECHOBST *(erregt)* Ach! Mich versteht man nicht!! Mich versteht nie wer! Aber ich muß immer alles verstehen! Daß meine eigene Frau am Hochzeitstag mit irgendeinem Standesbeamten da –

FRAU Herr Rat, können Sie uns bitte wieder scheiden?

STANDESBEAMTER Jetzt gleich?

FRAU Ich bitte darum!

STANDESBEAMTER Da muß erst noch ein Schlichtungsversuch unternommen werden.

Kriechobst schäumt herum.
Standesbeamter kramt hastig einen Vordruck heraus und liest ab:

STANDESBEAMTER *(hörbar erregt)* Herr Name, Name –

KRIECHOBST *(kurz vor der Explosion)* Wie bitte???

STANDESBEAMTER Ich meine – Herr Franz Kriechobst, strengen Sie sich doch einmal an, und versuchen Sie, sich an die Anfangszeit Ihrer Ehe zu erinnern –

KRIECHOBST *(nach dem Briefbeschwerer greifend)* Die ersten eineinhalb Minuten waren ergreifend!

STANDESBEAMTER *(unter dem Schreibtisch)* Herr Franz Kriechobst, Frau Monika Kriechobst, ich erkläre Sie hiemit für geschieden. Wenn Sie dort oben bitte unterzeichnen würden.

FRAU *(herumsuchend)* Hier?

STANDESBEAMTER Ja, ja!

Herr und Frau Kriechobst unterzeichnen die Geburtsurkunde.

FRAU Jetzt brauch' ich einen Schnaps!

KRIECHOBST Wir haben doch eh unser Hochzeitsbüffet!

Orgelmusik.

DER GROSSE HOUDINI

Tony Curtis als Houdini
Jack Lemmon als Besucher

In seiner New Yorker Wohnung sitzt der große Houdini bei einem Glas Rotwein. Es läutet an der Tür, und er öffnet sie.

BESUCHER Entschuldigen Sie bitte die Störung, aber ich bewundere Sie schon seit Jahren, und da wir ja sozusagen Kollegen sind –

HOUDINI Ach ja! Sie sind auch Zauberkünstler?

BESUCHER Hobby-Zauberkünstler im kleinen Rahmen. Meinen größten Erfolg hatte ich bei der Geburtstagsparty meiner dreijährigen Nichte: Keines der Kinder konnte meine Tricks durchschauen. Mit diesem, zum Beispiel, beginne ich jede meiner Vorführungen.

Er holt einen Zauberstab aus seiner Jackentasche und läßt ihn zwischen seinen Händen an einem dünnen Faden schweben.

HOUDINI Ach du liebe Zeit! Mit einem Gummifaden.

BESUCHER Nun ja, Sie als Profi haben das gleich erkannt. Aber der Laie, der Durchschnittsmensch von der Straße, der weiß ja auch nicht, wie Sie Ihre Tricks machen.

HOUDINI Aber S i e wissen es natürlich?!

BESUCHER Nicht alles. Zum Beispiel, wie Sie Ihre Frau in den Schrank stellen und verschwinden lassen. Zu Hause habe ich es mit meiner Frau hunderte Male probiert, ich habe sie stundenlang in den Kleiderschrank gesperrt, aber nie ist sie verschwunden. Vielleicht könnten Sie mir, so von Kollege zu Kollege, verraten –

HOUDINI Mein Herr!!!! Wie Sie wissen, verbietet es unsere Berufsehre, Geheimnisse zu verraten!

BESUCHER Aber wir könnten doch wenigstens tauschen: Ich zeige Ihnen eines meiner Kunststücke, und Sie sagen mir, wie ich meine Frau verschwinden lassen kann. – Schauen Sie her, was sehen Sie in meiner Hand?

HOUDINI Nichts.
BESUCHER Richtig.

Er geht ungefragt an Houdini vorbei ins Wohnzimmer und holt aus seiner Jackentasche einen Pingpongball heraus.

BESUCHER Und was sehen Sie jetzt?
HOUDINI Einen weißen Ball. Wirklich unglaublich, wie haben Sie das nur gemacht?
BESUCHER Aber nein, der Trick kommt ja erst jetzt! Nun gebe ich den Ball in meine rechte Jackentasche, und ohne meine Hände zu benutzen, zaubere ich ihn wieder aus meiner linken Tasche hervor. – Da staunen Sie. Dabei ist dieser geniale Trick so einfach: Ich habe nämlich in jeder Tasche einen Pingpongball; das hätten Sie nicht vermutet, oder? – Aber jetzt sagen Sie mir, wie ich meine Frau verschwinden lassen kann.
HOUDINI Das wäre ein schlechter Tausch.

BESUCHER Da haben Sie recht. Dann tauschen wir eben mein geniales Kunststück gegen z w e i von Ihnen. Zum Beispiel würde mich interessieren, wie Sie Ihr weißes Hemd wieder rein bekommen, nachdem Sie es in Ihrer Bühnenshow mit Rotwein überschüttet haben.

HOUDINI Haben Sie keine Waschmaschine?

BESUCHER Sie verraten es mir also nicht, obwohl ich Ihnen gerade mein bestgehütetes Geheimnis anvertraut habe?

HOUDINI Ich habe Sie nicht darum gebeten.

BESUCHER Nun denn, Sie zwingen mich dazu!

Er nimmt vom Tisch das Glas mit Rotwein und schüttet ihn Houdini übers Hemd.

HOUDINI Sind Sie wahnsinnig!

BESUCHER Wieso? Sie machen es wieder weiß, und ich werde genau aufpassen, wie das geht.

HOUDINI Sie werden mir die Reinigung bezahlen müssen.

BESUCHER Ich habe das Gefühl, Sie können gar nicht zaubern.

HOUDINI Natürlich kann ich zaubern.

BESUCHER Ja? Dann lassen Sie hier etwas verschwinden, etwas Überflüssiges, etwas, das Sie nicht mehr brauchen können. Wenn Ihnen das gelingt, bezahle ich Ihnen die Reinigung.

HOUDINI Na gut! Ich werde hier ein überflüssiges Etwas verschwinden lassen, was für Sie sogar den Vorteil haben wird, die Reinigung nicht bezahlen zu müssen. – Wenn Sie vielleicht so freundlich wären und sich hier in diesen Schrank stellen würden ...

DER DISKRETE SCHERM DER BOURGEOISIE

Cathérine Deneuve und Michel Piccoli als Gastgeber
Peter Sellers als Gast

Auf einer Luxusjacht auf hoher See.

GASTGEBERIN Darling, haben wir noch Dressing zur Amselkeule?

GASTGEBER Canadian oder Spanish?

BUTLER Langustensoufflé?

GASTGEBERIN Doch nicht vor Sunset!

GAST *(offensichtlich von einem natürlichen Drang getrieben, leicht nervös)* Tschuldigung, wo ist denn hier das –

GASTGEBERIN Dressing? Ich such' es auch schon ewig! Canadian?

GAST Nein –

GASTGEBERIN Japanese? Würde ich aber eher zu Räucherrochen reichen! – hahaha!

GASTGEBER Wie poetisch, Darling! Wo du doch erst gestern so originell warst!

GAST Entschuldigung, ich such' das –

GASTGEBERIN Um Gottes willen, ja! Das Canadian Dressing!

GAST Nein!!

GASTGEBERIN Sagen Sie nicht, Sie wollen wirklich das Spanish!

GAST Nein! – Ich such' das – naja –

GASTGEBERIN *(flüsternd)* French Dressing? Sie haben ja recht! Ich hab's auch am liebsten. Es ist halt bloß so ungewöhnlich! James, würden Sie bitte dem Herrn –

GAST Nein, nein! Nichts soll er!

GASTGEBERIN Sind Sie doch nicht so bescheiden! Lassen Sie sich's doch bringen!

EHEMANN Schon wieder so originell, Darling!

GAST Pardon, aber was ich will, kann er nicht bringen!

GASTGEBERIN Aber James bringt Ihnen alles, er wird ja bezahlt dafür!

GAST Aber ich –

GASTGEBERIN Kommen Sie, i c h geh' mit Ihnen! – Darling, kümmerst du dich um den Koks für die Frau vom Senatsrat?

GAST Nein, nein, um Himmels willen! Das, was ich suche – wie soll ich sagen –, kann ich nur allein benützen!

GASTGEBERIN Wie? – Ach so!! Aber gehn S'! Hier schnupfen alle öffentlich! Wozu ist man denn schließlich auf hoher See?

GAST *(schon im Kreise laufend)* Ich will nicht schnupfen!

GASTGEBERIN Was laufen Sie denn so? Mein Gott, ist das Speed?

GAST Nein, ich brauche –

GASTGEBERIN Heroin?

GAST *(stark hüpfend)* Nein, verdammt noch einmal!!

GASTGEBERIN Crack?

Gast fällt über Bord.

GASTGEBERIN Mein Gott: Crack, und er ist weg!

GASTGEBER Schon wieder so originell, Darling!

ZDF

Yves Montand als Vater
Simone Signoret als Mutter

Ein Wohnzimmer mit einem großen Fernsehgerät.
Vor dem Fenster eine Satellitenschüssel.
Die Familie sitzt um den Tisch, und der Vater erhebt sein Glas.

VATER Also dann, pro 7!
MUTTER Mag noch jemand etwas essen?
VATER Ich bin SAT!
MUTTER Und die anderen?
KINDER Wir sind alle 3 SAT!
MUTTER Gut, dann aber alle ausCNN und ab ins Bett!
KINDER RTL uns noch eine Geschichte!
VATER Später!
MUTTER In den Gummibaum gehört A R D rein!

Der Vater hört sie nicht mehr, er schaltet auf der Fernbedienung des Fernsehers herum.

CYRANO DE BERGERAC

Gérard Depardieu als der Dichter Cyrano
Alain Delon als dessen Freund

Cyrano und sein Freund reiten durch einen Wald in Tirol. In der Ferne hört man Wölfe heulen und Hirsche röhren.

CYRANO Wenn die Hirsche heute röhren,
kann man sie bis Reutte hören.

FREUND Immer wieder muß ich dein dichterisches Talent bewundern, selbst in alltäglichen Situationen stets einen Schüttelvers auf den Lippen zu haben. – Gib acht, auf daß dein Pferd nicht in diese Grube am Wegesrand fällt!

CYRANO Ich meine: jedem Bube graut
vor dem, der eine Grube baut.

FREUND Hoffentlich kommen wir bald zur Herberge, ich freue mich schon auf eine wilde Nacht mit der drallen Kellnerin, der feschen Trudel.

CYRANO Da ess' ich lieber Strudelteig,
bevor ich auf die Trudel steig.

FREUND Außerdem rückt das Wolfsgeheul immer näher, mir wird gar nicht wohl dabei.

CYRANO Wenn ich mein Leintuch bleichen lass',
dann ist's wie du ganz leichenblaß.

FREUND Erinnerst du dich an den einsamen Reitersmann, der uns vor einer Stunde entgegenkam? Hoffentlich kommt er noch sicher an den Wölfen vorbei. Wer das wohl war?

CYRANO Ich weiß nicht, wer der Reiter war,
mein Wissen drum bleibt weiter rar.

FREUND Ich lechze schon einem Krug Bier und einem Spanferkel entgegen. Das sind für mich die Grundnahrungsmittel schlechthin.

CYRANO Alle meine Basen nähren
sich nur noch von Nasenbären.

FREUND Kannst du dich noch an unseren Besuch bei Bassa Selim in Kairo erinnern?
In seinem Privatzoo hatte er auch einen Nasenbären, dessen Nase so große Ähnlichkeit mit der deinen hatte.
Aber am beeindruckendsten fand ich doch Hakim, den zahmen Haifisch.

CYRANO Hakim war ein braver Hai,
er fraß am liebsten Haferbrei.
Er schwamm ganz still im Wasserbecken,
so konnt' er nie den Bassa wecken.
Ein Jahr darauf in Bali aber
fraß er dann den Ali Baba.

Usw. … usw. … usw. … usw. …

CHIKAGO 19.30^{h}

Der Kampf gegen das organisierte Erbrechen

Franz Suhrada als Elliot Loch Ness
Manfred Krug als erster Gast
Johanna von Koczian als zweiter Gast
Ossy Kolmann als Kellner

In einem piekfeinen Restaurant am Ufer des Michigan-Sees.

ERSTER GAST Na, hab' ich nicht recht gehabt? So miese Miesmuscheln wie hier im „Il Vomito“ bekommt man in ganz Chikago nicht.

ZWEITER GAST Stimmt. Ich kotze hier immer hervorragend.

KELLNER Wenn ich recht gehört habe, wünschen die Herrschaften noch einmal Cozze nach Art des Hauses?

ERSTER GAST Nein danke, uns ist schon schlecht.

ZWEITER GAST Aber jetzt könnten Sie uns die Speibschüsseln bringen.

KELLNER Bitte sehr, bitte gleich, zwei Speibschüsseln für Tisch sieben kommen sofort.

ERSTER GAST Die Bedienung ist hier wirklich erstklassig.

ZWEITER GAST In anderen Lokalen muß man oft stundenlang warten.

KELLNER Bitte sehr, bitte gleich, zwei Schüsseln sind schon da. Wünsche gut zu speiben. Wollen die Herrschaften vielleicht noch eine Nachspeibe? Heute gibt es Tiramisu mit frischen Salmonellen, das Magenauspumpen ist im Preis inkludiert.

ERSTER GAST Apropos zahlen: Könnten Sie die Rechnung vielleicht anspeiben?

KELLNER Selbstverständlich! Ich werde das persönlich erledigen.

Kellner geht ab in den Speibesaal, und die beiden Gäste übergeben sich in ihre Schüsseln.

ZWEITER GAST Uhhaaaaa ... Phantastisch. Das Lokal kann man wirklich weiterempfehlen.

ERSTER GAST Ahgrblblbl ... Wie schon das Sprichwort sagt: Der Krug geht so lange ins „Il Vomito“, bis er bricht, hahahaha.

Plötzlich wird die Idylle durch Elliot Loch Ness unterbrochen, der mit seinen Unbestechlichen das Haus umstellt hat und durch ein Megaphon zu den Anwesenden spricht.

LOCH NESS Hier bricht die Polizei! Speiben Sie, wo Sie sind, und übergeben Sie sich!

ERSTER GAST Schade, immer wenn es gerade am schönsten ist, kommt Nessi.

ZWEITER GAST Diese blöde Prohibition geht mir ganz irrsinnig auf den Geist.

Elliot Loch Ness stürmt mit dem Revolver in der Hand in den Raum.

LOCH NESS Endlich habe ich euch in flagranti erwischt.

ZWEITER GAST Oh, und ich dachte, wir sind im „Il Vomito".

LOCH NESS Womit sich wieder einmal der Ausspruch bewahrheitet: Erbrechen lohnt sich nicht!

DAS SUPERHIRN

Gene Wilder als Arzt
David Niven als Patient

Ein Ordinationszimmer.
Arzt und Patient sitzen einander gegenüber.

ARZT Nun, mein Lieber, haben die Tabletten gewirkt, die ich Ihnen verordnet habe?

PATIENT Welche Tabletten?

ARZT Gegen Ihre Vergeßlichkeit.

PATIENT Ich bin vergeßlich? Daran kann ich mich gar nicht erinnern.

ARZT Deswegen sollten Sie ja auch die Tabletten nehmen. Sie haben sie doch genommen, oder?

PATIENT Wenn ich mich recht erinnere, habe ich das vergessen.

ARZT Dann machen Sie sich einen Knoten ins Taschentuch.

PATIENT Wie macht man einen Knoten?

ARZT Jetzt sagen Sie nur, das haben Sie auch vergessen.

PATIENT Was denn?

ARZT Ach, vergessen Sie's.

PATIENT Kein Problem.

ARZT Sprechen wir lieber von meinem Honorar. Sie schulden mir 500 Dollar.
PATIENT Wieso? Wer sind Sie denn überhaupt?
ARZT Ich bin Ihr Arzt.
PATIENT Mein Arzt? Moment – jetzt dämmert mir etwas: Sind Sie nicht so ein kleiner Dicker?
ARZT Nein, ich bin groß und schlank.
PATIENT Tut mir leid, dann kenne ich Sie nicht.
ARZT Aber Sie waren siebenmal bei mir.
PATIENT Weswegen?
ARZT Um Sie von Ihrer Vergeßlichkeit zu heilen.
PATIENT Und ist es Ihnen gelungen?
ARZT Bis jetzt nicht. Deswegen wollte ich ja von Ihnen wissen, ob die Tabletten gewirkt haben.
PATIENT Welche Tabletten?
ARZT Gegen Ihre Vergeßlichkeit.
PATIENT Ich bin vergeßlich? Daran kann ich mich gar nicht erinnern.

Usw. … usw. … usw. … usw. …

KLOFRAUENREPORT, 64. TEIL

Sophia Loren als erste Klofrau
Dolores Schmidinger als zweite Klofrau

Zwei Klofrauen sitzen vor dem Eingang zum WC im Gastgarten eines berühmten Wirtshauses im Wiener Prater.

ERSTE KLOFRAU Jetz kummt der oide Dackl scho wieda! Der muß a Blosn habn wia a Erbsen!

ZWEITE KLOFRAU Wann der des Bier glei ins Klo einischütten tat, tat er sich die Rennerei dersparen! Zwei Schilling, der Herr bitte!

ERSTE KLOFRAU Gib dir den Dicken! Wenn der den Bauch eiziagt, kriagt er an Buckl! Vier Schilling, der Herr bitte!

DICKER MANN *(mit deutschem Akzent)* Ich bringe Ihnen det Budweiser wieder zurück! Hahaha! Wegen der Linie! Hahaha! Übrigens, wissen Sie, wann man merkt, daß man zu dick ist? – Nee? – Wenn man am Strand einschläft und aufwacht, wenn Greenpeace versucht, einen wieder ins Meer zurückzuschieben! Hahahahahaha. *(Geht)*

ERSTE KLOFRAU Was ist Grienpiss?

ZWEITE KLOFRAU I glaub, a Nierenkrankheit!

WENN DER VERSICHERUNGSMAKLER ZWEIMAL KLINGELT

Brigitte Bardot als Hausfrau
Jack Nicholson als Makler Berger

In einer Wohnung klingelt es an der Tür. Die attraktive Hausfrau öffnet, und draußen steht ein Versicherungsmakler in Anzug und Krawatte.

MAKLER Guten Morgen, Frau Müller-Meier-Westerhagen! Berger mein Name, von der Mühlviertler InterschadensversicherungsAG. Haben Sie schon einmal über die Zukunft Ihrer Kinder nachgedacht?

HAUSFRAU Nein! Wieso?

MAKLER Großartig! Frau Müller-Meier-Westerhagen, lassen Sie mich mit Ihnen, Frau Müller-Meier-Westerhagen, über die Zukunft Ihrer Kinder nachdenken!

HAUSFRAU Warum sollte ich nachdenken? Ich hab' doch gar keine Kinder!

MAKLER Wie? – Großartig! Ja, sehen Sie, Frau Müller-Meier-Westerhagen, wenn Sie nie drüber nachdenken, werden Sie nie welche kriegen!

HAUSFRAU Aber ich will ja gar keine Kinder! Auf Wiedersehen!

Sie schlägt die Tür zu und geht in die Küche,
wo sie sich einen Kaffee aufstellt.
Da läutet es ein zweites Mal an der Tür.
Sie öffnet, und draußen steht schon wieder der Versicherungsmakler.

MAKLER Frau Müller-Meier-Westerhagen, haben Sie schon einmal über eine Versicherung gegen Kinder nachgedacht?

HAUSFRAU Eine was??

MAKLER Frau Müller-Meier-Westerhagen, wir haben dafür ein spezielles Angebot als Paket, im Rahmen einer Großschadensversicherung inklusive Hausbrand, Glasbruch, Wasserschaden, Insektenfraß, Sturmböen und Erdbeben bis Stärke drei auf der nach oben offenen Richterskala, Nagetierverbiß und Kinder bis zu vier Stück!

HAUSFRAU Das heißt, wenn mir ein Mann ein Kind macht –

MAKLER – genügt eine Schadensmeldung an uns, und wir kriegen das Kind für Sie, Frau

Müller-Maier-Westerhagen! Für eine Prämie von nur 2.999 Schilling im Jahr, wenn Sie jetzt noch zeichnen.

HAUSFRAU Aber was ist, wenn ich dann doch einmal ein Kind möchte?

MAKLER Kein Problem, Frau Müller-Meier-Westerhagen! Für diesen Fall haben wir eine spezielle Rechtsbeugeversicherung, die die Großschadensversicherung in so einem Falle anficht!

HAUSFRAU Und was ist, wenn die verliert?

MAKLER Kein Problem, Frau Müller-Meier-Westerhagen! Dafür haben wir eine Kindrückholversicherung! Die hätte ich für Sie, Frau Müller-Meier-Westerhagen, als spezielles Paket mit der Rechtsbeugeversicherung plus einer zusätzlichen Reisegepäckversicherung für alle Länder, die nicht an Österreich ausliefern, für 2.999 Schilling, wenn Sie jetzt noch zeichnen!

HAUSFRAU Und wer garantiert mir, daß Sie kein Betrüger sind? Da könnte ja jeder zweimal klingeln und mir weiß Gott was alles einreden!

MAKLER Kein Problem, Frau Müller-Meier-Westerhagen! Dafür habe ich für Sie speziell eine Versicherungsbetrügerversicherung mit einer Vertreterbelästigungsklausel mit nur zwei Vertreterbesuchen im Jahr Selbstbehalt!

HAUSFRAU Das heißt, Sie haben jetzt schon zweimal bei mir geklingelt. Wenn ich diese Versicherung bei Ihnen abschließe, dann garantieren Sie mir, daß Sie kein drittes Mal kommen werden!

MAKLER Nicht ganz, Frau Müller-Meier-Westerhagen! Ich kann Ihnen natürlich nicht garantieren, daß nicht noch ein drittes Mal jemand von uns bei Ihnen klingelt. Das wäre unseriös! Aber wir garantieren, daß Sie nicht öffnen müssen! Das übernehme ich!

HAUSFRAU Da müßten Sie ja zu mir ziehen!

MAKLER Das gehört selbstverständlich zu unseren

Serviceleistungen, für die Sie, Frau Müller-Meier-Westerhagen, keinen Groschen mehr bezahlen!

HAUSFRAU Ganz umsonst?

MAKLER Völlig gratis, Frau Müller-Meier-Westerhagen!
Wenn Sie da und da bitte unterschreiben,
ich hol' inzwischen mein Bettzeug herein!

DER CLUB DER TOTEN HOSEN

Gérard Depardieu als Lehrer
Die Wiener Sängerknaben als Schüler

Ein Klassenzimmer während einer Mathematikstunde.

LEHRER $x^2 = 4$. Wie groß ist x ?
SCHÜLER Bitte, 2!
LEHRER Ursuper! Und 2x?
SCHÜLER Bitte, 4!
LEHRER Gebongt! Also ist 2x gleich x^2.
SCHÜLER A priori?
LEHRER Logo! Ich werd' euch das einmal leiwand aufschreiben! $x^2 = x$ mal x. Kapito? Also ist 2x gleich x mal x. Und wenn wir jetzt diese Gleichung volle durch x dividieren, steht da 2 = x! Logo?
SCHÜLER Bitte, die Transparenz des Resultates ist nicht hundertprozentig evident!
LEHRER Das ist oasch! Packen wir es einmal von der Maschekseite! Wir sagen x = 2 und ziehen das volle durch! Dann steht da 2 mal 2 = 2 mal 2! Was? Da schnallst du ab!
SCHÜLER Bitte, wir sehen nicht ein, weshalb wir abschnallen sollten!

LEHRER Du gehst mir am Keks! Da ist doch urklar! Mit 3 statt 2 kannst du dir's lagern! Nur mit 2 ist es echt hyper!! Also ist x gleich 2! Gebongt?

Es läutet. Der Lehrer tobt auf den Gang hinaus, die Schüler bleiben ratlos sitzen.

LISZTOMANIA

John Cleese als Franz Liszt
Mel Brooks als Arnold Schönberg

Liszt und Schönberg sitzen im Kaffeehaus und fachsimpeln.

SCHÖNBERG Vorige Woche ist mir eine Methode eingefallen, wie man alle Musikstücke dieser Welt auf das Wesentlichste reduzieren und trotzdem sofort eindeutig erkennen kann.

LISZT Und wie?

SCHÖNBERG Ganz einfach, jede Komposition besteht doch aus vielen verschiedenen Tönen. Wenn man alle Noten zusammenzählt und sie durch ihre Tonhöhen dividiert, erhält man einen einzigen Ton als deren arithmetisches Mittel. Dieser Ton steht stellvertretend für das ganze Werk. Mir ist auch schon ein passender Name dazu eingefallen: die Eintonmusik.

LISZT Aha.

SCHÖNBERG Zum Beispiel habe ich gestern errechnet, daß der arithmetische Mittelton von Parsifal ein Cis ist.

LISZT Na und, was bringt das?

SCHÖNBERG Viel! Vor allem den Musikern erleichtert das ihre Aufgabe sehr. Sie müssen nur mehr ein Cis spielen, und sofort weiß der Zuhörer: das ist Parsifal. Und für uns Komponisten wird es in Zukunft auch einfacher werden: kein langwieriges Studium der Musiktheorie und Harmonielehre mehr. Es gibt keine Intervalle und Akkorde, nur mehr die Eintonmusik!

LISZT Es gibt doch Tausende Opern und Symphonien, aber nur zwölf Noten. Das heißt, daß sehr oft ein Cis als Mittelton vorkommen wird. Wie kann man da zwischen den einzelnen Stücken unterscheiden?

SCHÖNBERG Durch die Länge des Tones. Wenn das Cis fünf Stunden gedauert hat, dann war es Parsifal.

LISZT Wenn einer der Zuhörer früher weggeht, wird er also nie wissen, was er gehört hat?

SCHÖNBERG Falls er sich ein Programmheft gekauft hat, schon.

LISZT Ich weiß nicht, ob sich das durchsetzen wird; die Menschen wollen doch Melodien hören und nicht ein fünf Stunden langes Cis. Wenn die Musik schon zwölf Töne zu bieten hat, sollten wir das auch ausnützen und sie alle zwölf verwenden.

SCHÖNBERG Alle zwölf Töne! – Vielleicht hast du recht. Ich habe da schon so eine Idee, wie man das am besten machen könnte, und einen passenden Name wüßte ich auch dafür …

DER BERG SCHREIT

Luis Trenker, Helmut Qualtinger und Stan Laurel als Bergsteiger

Eine Seilschaft in den Alpen. Drei Mann hängen übereinander in der Wand. Der Sturm tobt so heftig, daß man kaum sein eigenes Wort versteht.

OBERSTER Ich brauche eine Pause!
MITTLERER Eine Brause?
OBERSTER Eine Pause!!
MITTLERER *(zum Untersten)* Er braucht eine Jause!!

Unterster gibt Proviantrucksack nach oben.

OBERSTER Ihr Deppen!
MITTLERER Was soll ich dir geben?
OBERSTER Ihr Deppen!!
MITTLERER *(zum Untersten)* Die Decken!!

Unterster gibt die Decken nach oben.

OBERSTER Das hat mir noch gefehlt!
MITTLERER Was hast du gezählt?
OBERSTER Gefehlt!!
MITTLERER *(zum Untersten)* Das Zelt!!

Unterster gibt das Zelt nach oben.

OBERSTER Wie soll ich das alles halten?
MITTLERER Jaja, die Alpen!
OBERSTER Nein!! Wie soll ich das alles haaaaaaaaaaaaaaaaa ...

HAIR

Ugo Tognazzi als Biosthetik-Intercoiffeur
Karl Merkatz als Kunde

In einem noblen Friseursalon in München.

FRISEUR Einen wundervollen Guten Tag, der Herr!

KUNDE Bitte einmal Haareschneiden!

FRISEUR Selbstverfreilich! S'il vous plaît!

Der Herr setzt sich.

FRISEUR Wie legen wir es an!

KUNDE Ja, eh so –.

FRISEUR Ich würde vorschlagen, entweder die Redoute Napoleon mit zartgefönten Stufenlöckchen oder das Modell Abendwind, linksgetragen zur Festigerwelle!

KUNDE Wie bitte?

FRISEUR Nein! Mon dieu! Daß ich das nicht sofort erkannt habe! Aber Sie tragen das Ohr so verborgen!

KUNDE Ja, deswegen bin ich ja da!

FRISEUR Haarspitze an belegtem Ohr! Das ist es!!

KUNDE Was ist es??

FRISEUR *(beginnt zu bearbeiten)* Eine Creation, die ich in Cannes erstmals der Fachpresse vorgestellt habe! Vogue war begeistert! Sehen Sie, Ihr oberes Deckhaar!

KUNDE Was ist damit?

FRISEUR Sie haben ein grobes Problem damit! Es couvriert zu sehr die Rechts- und Linksbodendecker! Sehen Sie, um einen Hauch gekürzt und linksgedreht, erlauben Sie dem kurzen Deckhaar zu atmen! Eine Prise Pommes hair blesseuse, eine Creation aus Marseille, macht das Ohrhaar fließend wie die Moldau! Man trägt es übrigens heuer rechts! Asymmetrie ist das Salz der Coiffeure! Habe schon 1979 den Halbskin vorgestellt! War damals noch zu früh! Heute sagen alle, es ist von ihnen! Ach Gott, so ist es halt!

KUNDE Was?

FRISEUR Wir werden jetzt das Unterhaar links fönaffichieren, damit es harmonisch wird. Die Glatzenmèche war auch so was! Hab' ich ’64 herausgebracht! Waren alle sprachlos! Zu heiß? Ist gleich vorbei! Man muß bei der Surprise mit hohen Temperaturen durch vorgeheizten Fön arbeiten, sonst fällt es zusammen! Wünschen Sie Spray an Ohr?

KUNDE An was??

FRISEUR Ein Düftchen, und Sie sind rund! Voilà! Mon dieu! Sie haben das Flair für nouvelle creation! – DM 90,–, bitte!

KUNDE 90? Ich hab’ nur einen Hunderter!

FRISEUR Danke vielmals! Merci beaucoup! Beehren Sie uns wieder!

CARUSO

Luciano Pavarotti als Caruso
Peter Ustinov als Spengler

Caruso zeigt einem Spengler seinen Musiksalon.

CARUSO Ich möchte, daß Sie dieses Zimmer vollständig mit Blech auskleiden. Und zwar aus akustischen Gründen: Der Raum schluckt, verstehen Sie? Er schluckt meine Stimme; Sie kennen ja sicher meine Stimme?

SPENGLER Natürlich. Ich habe ja schon zweimal mit Ihnen telefoniert.

CARUSO Auf alle Fälle käme meine Stimme besser zur Geltung, würde es hier anständig hallen. Doooo-Reeeeee-Miiiiiiiiiiiii!!!!!!! – Na, hören Sie, wie er schluckt? Versuchen Sie es ruhig selbst: Singen Sie ein paar Takte einer Arie.

SPENGLER Ich kann nur das Lied vom Edelweiß. Das hat mir mein Schwager gelernt.

CARUSO Nun ja, also bitte, ich höre. .... Unglaublich, wie das schluckt, ich habe keinen einzigen Ton gehört.

SPENGLER Ich habe auch noch gar nicht gesungen. *(Er beginnt, mit brüchiger Stimme zu der Melodie von „Hänschen klein" zu singen. Caruso hört ihm erschüttert zu:)* Edelweiß, Edelweiß, Edel-Edel-Edelweiß.

CARUSO Ja sagen Sie, wo haben Sie denn singen gelernt?

SPENGLER Ich? Wieso? Ich bin Spengler.

CARUSO Was Ihnen fehlt, ist die Stütze, ohne Stütze geht gar nichts.

SPENGLER Da haben Sie recht. Vorigen Winter war ich in Innsbruck Ski fahren, und eines Tages fiel vom Schlepplift die Stütze um – da ging gar nichts mehr.

CARUSO Ach ja, Innsbruck. Dort ist auch ein sehr schönes Haus, aber für meine Stimme etwas zu klein.

SPENGLER Sie haben ein Häuschen dort? Mein Schwager auch.

CARUSO Ich habe dort gesungen!

SPENGLER Mein Schwager und ich singen auch immer in seinem Häuschen; am liebsten das Lied vom Alpenglühen. Hören Sie zu, das geht so *(er singt wie vorhin zu der Melodie von „Hänschen klein“, während ihm Caruso wieder fassungslos zuhört)*: Alpenglühn, Alpenglühn, Alpen-Alpen-Alpenglühn.

CARUSO Was Ihnen außerdem fehlt, ist der richtige Stimmsitz: hier, schräg oberhalb der Nasenspitze, verstehen Sie, hier. Angenommen, Sie bitten einen Arbeitskollegen um eine Zange, dann brauchen Sie doch ein Pennng in Ihrer Stimme.

SPENGLER Ein Peng?

CARUSO Jawohl, ein Pennng! Bitten Sie mich um eine Zange!

SPENGLER Ich habe selbst eine mit.

CARUSO Das weiß ich. Es ist ja nur wegen des Peng. Sprechen Sie mir nach: Haben Sie eine Zannnge?

SPENGLER Haben Sie eine Zange?

CARUSO Na, und wo bleibt das Pennng?

SPENGLER Na, und wo bleibt das Peng?

CARUSO Nein, nicht nachsprechen!

SPENGLER Nein, nicht nachsprechen?

CARUSO Nein, nicht nachsprechen. Das Pennng und das Schlucken hängen zusammen. Ich werde Ihnen das anhand eines Beispiels erklären. Wir nehmen dazu Ihre Metallwerkzeugkiste, leeren sie aus und stülpen sie über unsere Köpfe. So simulieren wir ein mit Blech ausgekleidetes Zimmer. Kommen Sie ganz nahe zu mir, damit wir in die Kiste passen. *(Die beiden stehen sich nun Nase an Nase gegenüber, ihre Köpfe in der engen Kiste.)* Und jetzt passen Sie auf! Ich sage: Pennng!

SPENGLER Es hat aber nicht gehallt.

CARUSO Es sind einfach zu viele Menschen im Raum, und das schluckt! Gehen Sie wieder hinaus!

SPENGLER Ich würde ja gern, aber mein Kopf steckt fest.

CARUSO Ach du liebe Zeit, meiner auch! Und ich habe heute noch eine Vorstellung!

SPENGLER Ich auch. Ich muß mich bei einer neuen Firma vorstellen.

CARUSO Ich spreche von einer Opernvorstellung, bei der ich den Alfred singen soll. Man sagt von mir, ich sei der Alfred schlechthin!

SPENGLER Sehr erfreut, Herr Schlechthin, mein Name ist Michalek.

CARUSO Der Alfred ist eine Rolle in der Oper „La Traviata", die werden Sie doch kennen, oder?

SPENGLER Na klar, mein Schwager und ich singen ja oft das bekannte Lied von der Traviata. Wenn Sie wollen, können Sie gleich mitsingen. *(Und wie vorhin singt er zu der Melodie von „Hänschen klein", während Caruso in Tränen ausbricht:)* Travia, Travia, Travi-Travi-a-ata. Travia, Travia, Travia-ata!

SPIEL MIR DAS LIED VOM BROT

Clint Eastwood als Fremder
Dustin Hoffman als Verkäufer

Ein Geschäft mit Waren aller Art im Wilden Westen. Ein Fremder, verwegen dreinblickend, mit stark ausländischem Akzent zum Ladenbesitzer:

FREMDER Ein Liter Brot!
VERKÄUFER Ein Kilo!
FREMDER Nein, Brot, nicht Kilo!
VERKÄUFER Schon Brot, aber doch nicht ein Liter!
FREMDER Dann geben Sie mir einen halben Liter!
VERKÄUFER Ich kann Ihnen ein Kilo geben!
FREMDER Was soll ich mit Ihrem Kilo?
VERKÄUFER Essen!
FREMDER Ein Marmeladekilo?
VERKÄUFER Nein, Brot!
FREMDER Eben! Ein Liter, bitte!
VERKÄUFER Beim Brot heißt das ein Kilo!
FREMDER Was?
VERKÄUFER Was bei der Milch ein Liter ist!
FREMDER Aber ich will keine Milch!
VERKÄUFER Aber Sie kaufen doch keinen Kilo Milch!
FREMDER Genau! Und da wollen Sie mir ein Kilo Brot einreden!

VERKÄUFER Der Liter heißt beim Brot Kilo und das Kilo bei der Milch Liter!

FREMDER Warum?

VERKÄUFER Das ist doch klar!

FREMDER Eben nicht! Ich heiß doch auch nicht beim Friseur Pschihoda und bei Ihnen Wabradil!

VERKÄUFER Sie sind ja auch kein Brot!

FREMDER Das heißt, wäre ich ein Brot, dann hieße ich bei Ihnen Wabradil?

VERKÄUFER Nein, Kilo!

FREMDER Kilo? Da ist mir Pschihoda lieber!

VERKÄUFER Kilo ist die Menge!

FREMDER Was ist die Menge wieder?

VERKÄUFER Eben ein Kilo!

FREMDER Ein Kilo Menge? Wie schmeckt das?

VERKÄUFER Das Brot ist die Menge!

FREMDER Mengenbrot? Nie gehört!

VERKÄUFER Wenn ich es Ihnen sag'!

FREMDER Na gut, dann geben Sie mir einen Liter davon!

VERKÄUFER Ein Kilo!!

FREMDER *(greift zu seinem Colt)* Hören Sie, wenn Sie irgendwelche Ladenhüter haben, dann drehen Sie die bitte wem anderen an, nicht mir!

EIN HERR *(aus der Kolonne von Menschen, die sich mittlerweile im Geschäft gebildet hat)* Bitte, geben Sie ihm doch den Liter Brot, sonst überleben wir das nicht!

FREMDER Danke! *(Zum Verkäufer)* Und noch einen Meter Eier!

CARAWANKA

Humphrey Bogart als später Gast
Ingrid Bergman als Bardame

Betrunkener später Gast fällt zur Tür herein und bleibt liegen.
Eine verwittert aussehende Animierdame kniet sich zu ihm nieder.

ANIMIERDAME Der ist tot! – *(Sie hört an seiner Nase)*
GAST *(am Rücken liegend)* Ich schau dir in die Ohren, Kleines!
ANIMIERDAME Du bist ja gar nicht tot! – Pommerie?
GAST *(mit geschlossenen Augen)* Po was??
ANIMIERDAME Pommerie!
GAST Po Marie? Wo bin ich denn da?
ANIMIERDAME Obst an Champagner magst?!
GAST Obst? Obst ist immer gut!
ANIMIERDAME *(zum Kellner)* Geh, Sam, bring ihm an Obstler!

Sam nimmt einem an der Theke schlafenden Gast das Glas aus der Hand und bringt es ihm.

ANIMIERDAME Das Glasl ist ja ganz dreckig! Spül's nochmal, Sam!

SAM Es ist schon so lange her, daß ich den Geschirrspüler abgeschaltet hab'!

ANIMIERDAME Mit der Hand! Kannst du dich nicht mehr erinnern? *(Sie summt leise die Melodie eines Werbespots:)* „You must remember that, Wischi Waschi killt das Fett, und auch der ganze Dreck geht weg." –

Sam spült achselzuckend und singt dazu den Werbespot.

ANIMIERDAME So, ich geh' jetzt!

Will gehen, aber der späte Gast packt sie beim Fuß. So schleift sie ihn mit bis zur Bushaltestelle. Dort schüttelt sie ihn ab und fährt weg.
Er bleibt einsam liegen.

FRANKENSTEIN

Frank Sinatra als Frankenstein
Jerry Lewis als Frankensteins Kreatur
Dean Martin als Beamter des Arbeitsamtes

In einem Zimmer des Arbeitsamtes sitzt ein Beamter hinter seinem Schreibtisch und rührt gelangweilt in seinem Kaffee. Da wird die Idylle durch den eintretenden Frankenstein gestört, der hinter sich eine unheimliche Gestalt an einer Leine ins Zimmer zerrt.

FRANKENSTEIN Da, sehen Sie nur! Meine neueste Kreation, frisch aus der Retorte.

BEAMTER Es tut mir wirklich leid, Herr Frankenstein, aber ich kann doch nicht jede Woche einer neugeschaffenen Kreatur von Ihnen Arbeit beschaffen. Die Arbeitslosenrate macht auch vor Monstern nicht halt.

FRANKENSTEIN Aber die letzten beiden haben Sie doch gut untergebracht.

BEAMTER Das waren Glücksfälle. Dem einen konnte ich die Hauptrolle in der TV-Serie „The Munsters“ verschaffen und dem anderen eine Stelle als Glöckner von Notre Dame. Aber was soll ich denn mit dem da?

FRANKENSTEIN Er ist der ideale Beamte.

BEAMTER Sieht nicht so aus. – Diese eigenartige Perücke. – Und dieser wütende Blick.

FRANKENSTEIN Das ist seine Arbeitswut. Außerdem ist das keine Perücke, sondern der Amtsschimmel. Ich habe nämlich versucht, einen möglichst naturgetreuen Staatsdiener zu erschaffen. – Na komm, sei schön brav und gib dem Onkel Beamten die Hand.

KREATUR Brav Hand geben.

Gehorsam schraubt sich die Kreatur eine Hand ab und gibt sie dem erstaunten Beamten.

BEAMTER Was kann er sonst noch, außer Hand geben?

FRANKENSTEIN Tja, manches nimmt er noch etwas zu wörtlich, aber Kinderkrankheiten gibt es bei jedem Prototyp. Wenn er erst einmal in Serie geht, wird er keine Fehler mehr haben. Sie sollten ihn erst bei der Arbeit am Schreibtisch sehen!

KREATUR Am Schreibtisch arbeiten.

Die Kreatur steigt gehorsam auf den Schreibtisch und schüttet dabei den Kaffee über die Akten, worüber der Beamte mit Recht verärgert ist.

BEAMTER Holen Sie dieses Monstrum sofort wieder herunter! Sehen Sie nur, was er angerichtet hat: Sogar den Kaffeelöffel hat er plattgetreten.

KREATUR Löffel? Was machen mit Löffel?

FRANKENSTEIN So einen Löffel verwendet man normalerweise zum Essen.

KREATUR Löffel essen.

Zum Entsetzen des Beamten nimmt die Kreatur den Löffel und ißt ihn auf.

BEAMTER Was kann er sonst noch, außer am Schreibtisch Löffel essen?!!!!!! Verschwinden Sie mit diesem Ungeheuer, sonst rufe ich die Polizei!

FRANKENSTEIN Sie können ihm also keine Arbeit vermitteln?

BEAMTER Nein!!!

FRANKENSTEIN Wenn Sie ein bißchen geduldiger mit ihm wären, würde er ganz sicher einen hervorragenden Gehilfen für Sie abgeben. Sein einziger Fehler ist, daß er alles zu wörtlich nimmt. Aber wenn man Zweideutigkeiten vermeidet, kann gar nichts passieren. Es wäre nett, könnte er gleich hier bleiben.

BEAMTER Kommt gar nicht in Frage! Nur über meine Leiche! – Ahhhhhhh!!!!

CASANOVSKY

Donald Sutherland als Casanovsky
Cissy Kraner als Telefonistin
Alfred Böhm als Prichystal

Casanovsky verwählt sich am Telefon.

CASANOVSKY Hallooo, du Traum des Orients, Parfum meiner Nächte!

WEIBLICHE STIMME Zugauskunft, bitte warten!

CASANOVSKY Du Zugpferd meiner Phantasien, Rotlicht aller schwülen Sommernächte!

WEIBLICHE STIMME Legen Sie bitte nicht auf!

CASANOVSKY Mein Geist legt sich zwischen deine bittenden Lippen –

WEIBLICHE STIMME Neuankommende Anrufe werden hinten gereiht –

CASANOVSKY Ich rufe dich immer wieder aufs neue an: „Knospe auf für mich!"

WEIBLICHE STIMME Platz sechs wird sich in Kürze melden!

CASANOVSKY Sex ist ohne Kürze und Länge zeitlos in unserer Hingabe an die Göttin der Liebe!

MÄNNLICHE STIMME Zugauskunft, Prichystal, ja bitte?

CASANOVSKY – –

MÄNNLICHE STIMME Hallo, wer ist da?

CASANOVSKY Gehen Sie aus der Leitung, Sie Voyeur!

MÄNNLICHE STIMME Bitte, Sie haben doch m i c h angerufen!

CASANOVSKY S i e haben sich in unser Gespräch eingemischt!

MÄNNLICHE STIMME Ich kenn' Sie doch gar nicht!

CASANOVSKY Eben! Wie wagen Sie es dann, in mein Privatleben einzudringen?!

Das Telephon macht klacks, tüüt–tüüt-tüüt ...

FRÜHSTÜCK BEI TIFFANEK

Audrey Hepburn als Mutter
Robert Hochner als Vater

Frühstückszimmer bei den Tiffaneks.
Zwei Kinder, ein Mädchen und ein Bub, sitzen um den gedeckten Tisch und schaufeln ihr Frühstück ein.
Die Mutter rast hin und her.
Der Vater, ein bekannter Fernseh-Nachrichtensprecher, kommt herein, setzt sich dazu und nimmt den Salzstreuer in die Hand.

VATER Lange Zeit galt er als unauffindbar. Bis der bekannte Onkel Edi aus Gramatneusiedl in Niederösterreich ihn im Werkzeugladl entdeckte und damit für eine Sensation sorgte. Gemeint ist natürlich der Salzstreuer! Guten Morgen, verehrte Damen und Herren, ich begrüße Sie zu unserem Frühstück!

Alle ignorieren ihn.

VATER Vorerst die Schlagsahne: 1000 Kalorien wechseln den Besitzer, Familienrat diskutiert Zugabe von Erdbeeren, Servietten

noch immer nicht aufgefunden und: Kein Ende der Magenkrämpfe.
Das Wetter von heute verrät uns unser Sohn!

Vater patzt sich Erdbeeren mit Schlag auf die Krawatte.
Tochter bläst auf einer Flöte die Signation.
Sohn schlurft kauend zum Fenster und schaut hinaus.

SOHN Brmpf – Vor der – mrpf – Garage vorerst noch ziemlich finster, – mampf – dennoch muß im Laufe der – mrpf – Straße mit Laternen gerechnet werden. – Schluck – Die Vorausschau auf den Nachmittag: hell, gegen Abend Aufkommen von Dunkelheit.

Tochter prustet kichernd das Ei auf den Boden.

VATER Soviel zum Wetter von unserem Sohn. Ja, wie gesagt, der in den letzten Tagen verloren geglaubte Salzstreuer ist wieder aufgetaucht! Allerdings an einem Ort, wo niemand gesucht hatte: Im Werkzeugladl! Wir haben dazu die zuständige Hausfrau zum Frühstück gebeten. Guten Morgen, Luise!

MUTTER Aber hab mich doch gern!

Mutter saugt Ei mit Handstaubsauger auf.

VATER *(laut)* Luise, Onkel Edi aus Gramatneusiedl mußte den Salzstreuer finden. Hast du zuwenig freie Kapazitäten, daß ausländische Experten beigezogen werden müssen, oder –

MUTTER Maria, patz nicht das Tischtuch auch noch an!

VATER Weiche nicht aus! Ich will es einmal anders formulieren –

MUTTER Was macht der Wasserrevolver in deiner Schultasche, Matthias?

VATER Könnte hier Korruption im Spiel sein?

MUTTER Habt ihr schon auf die Uhr geschaut? Raus mit euch!

Mutter schmeißt alle raus.

VATER *(im Gehen)* Ich melde mich wieder um sechzehn Uhr, bis dahin auf Wiedersehen!
MUTTER Mit der angekleckerten Krawatte geht er weg!

Alle werden rausgedrängt, die Mutter fällt auf den Stuhl, sie schaltet die Fernsehfernbedienung ein.
Im Fernsehen erscheint der Nachrichtensprecher.
Die Mutter erschießt sich mit dem Wasserrevolver.

JAMES BOND – FISCHSUPPE IN MOSKAU

John Cleese als James Bond
Jazz-Gitti als Gespielin
Mario Adorf als Kellner

In einem vornehmen Hotel in Moskau.
Bond und sein Gespielin speisen.
Bond holt eben mit dem Löffel ein Mikrophon aus der Suppe.

BOND Kellner!
KELLNER Das sein Mikrophonsuppe! Spezialität des Hauses!
BOND Ich habe aber Fischsuppe bestellt!
KELLNER Das sein Mikrophonfisch! Spezialität des Hauses!
BOND Bitte, wo sind denn da die Augen?
KELLNER Bitte, geschlossen! Mikrophonfisch tot!
BOND Das ist doch eindeutig eine Plastikkapsel!
KELLNER Das sein Panzermikrophonfisch!
GESPIELIN James, Liebling! Wenn er doch schon sagt!
BOND Bringen Sie mir das Omelette surprise!
KELLNER Wie Sie wünschen!

Kellner bringt Omelette surprise.

BOND Was steht denn da aus dem Omelette raus?

GESPIELIN Sicher eine Gräte, Liebling. *(Hebt ihr Glas)* Nastrovje!

BOND Seit wann haben Omelettes Gräten! Kellner!!

KELLNER Sie wünschen?

BOND In meinem Omelette steckt eine Kurzwellenantenne!

KELLNER Das sein Mikrowellenantenne, wegen Warmhalten! Spezialität des Hauses!

BOND Jetzt reicht's aber!

Er haut mit der Hand auf den Tisch, und von oben fällt ein Kameramann mit einer Kamera auf den Tisch.

KAMMERMANN Nastrovje, gnädige Frau!

BOND Was ist das??

KELLNER Bitte, das sein Omelett surprise! Spezialität des Hauses!

GESPIELIN Wie originell! Nastrovje! *(Will trinken)* Liebling, im Champagner ist auch ein Mikrophonfisch!

BOND Na wartet!

Er nimmt das Mikrophon heraus und brüllt hinein. Alle Gäste im Restaurant krümmen sich vor Schmerzen und reißen sich kleine Kopfhörer aus den Ohren.

BOND *(befriedigt)* So. Und jetzt bringen Sie mir die Rechnung!

SCHAU MAL, WER DA WIDERSPRICHT

Bud Spencer als Großvater
Heintje als Kind

In einem Kinderzimmer versucht der Großvater, dem Kind eine Gutenachtgeschichte zu erzählen.

GROSSVATER Da waren einmal Hänsel und Gretel!

KIND Hansl!

GROSSVATER Nein, Hänsel!

KIND Wieso? Du heißt doch auch nicht Größväter!

GROSSVATER Der heißt aber Hänsel!

KIND Versteh' ich nicht!

GROSSVATER Die waren sehr arm!

KIND Weil sie Hänsel geheißen haben!

GROSSVATER Nein! Außerdem hat ja nur der Bub Hänsel geheißen. Das Mädchen hieß Gretel!

KIND D a s versteh' ich! Grätel gibt's ja keine!

GROSSVATER Soll ich jetzt weitererzählen?

KIND Ja, bitte, Opa!

GROSSVATER Also, die waren so arm –

KIND Na, die Gretel aber nicht! Soll sie froh sein, daß sie nicht Grutel geheißen hat, oder Grotel, die blöde Kuh!

GROSSVATER Die war keine blöde Kuh!
KIND Dann soll sie nicht sagen, daß sie arm ist!
GROSSVATER Das habe ja i c h gesagt!
KIND Du hilfst zu den Mädchen!
GROSSVATER Ich werde d i r gleich helfen!
KIND Wieso? Ich heiße doch nicht Grutel!
GROSSVATER Die haben kein Geld gehabt!
KIND Für einen neuen Namen?!
GROSSVATER Für Essen!
KIND Essen möcht' ich auch nicht heißen!
GROSSVATER Für Brot und Milch!
KIND Das ist ja noch schlimmer! Da heiß' ich lieber Hänsel und Gretel!
GROSSVATER Und wenn sie nicht gestorben sind, dann leben sie noch heute.
KIND – Das war aber eine kurze Geschichte!
GROSSVATER Ja, aber eine sehr lehrreiche!

UNHEIMLICHE BESTEHUNG DER DRITTEN ART

Marty Feldman als erster Jäger
Paul Hörbiger als zweiter Jäger

Auf einem Hochstand am Waldesrand um fünf Uhr früh. Zwei recht angeheiterte Jäger sitzen schon seit Stunden mit dem Gewehr im Anschlag.

ERSTER JÄGER Jetzt ist mir der Flachmann in die Lichte gefallen!

ZWEITER JÄGER Nimm meinen! Weidmannsheil!

ERSTER JÄGER Weidmannsdank! Prost!

ZWEITER JÄGER Gestern hab' ich eine achtbändige Kalbern vor der Schrote gehabt!

ERSTER JÄGER Was, hier?

ZWEITER JÄGER Ja, da in der Weißung neben dem Reiser mit dem Junganbiß hat sie gelost!

ERSTER JÄGER Warum hat sie belaufen?

ZWEITER JÄGER Die Winde war Loser, da hat sie die Ständer verzogen, bevor ich abdrücken konnte! Aber ziemig war die!

ERSTER JÄGER Jetzt ist mir d e i n Flachmann auch in die Lichte gefallen!

ZWEITER JÄGER Laß ihn! Ich hab' noch ein Faß heroben! Vom letzten St.-Ruppoldi-Schießen!

ERSTER JÄGER War das das, wo der Rath runtergefallen ist?

ZWEITER JÄGER Genau! Beim Abdrücken auf einen zweidrahtigen Geiser war Abgang!

ERSTER JÄGER Hätt' ich gerne gesehen! Hihihi! Prost! – Ahh, Tiroler Jenewein! Die Blüte ist symphonisch!

ZWEITER JÄGER Und der Klapf bleibt kor!

ERSTER JÄGER Wer?

ZWEITER JÄGER Ich mein', der Kopf bleibt klar! Hick.

ERSTER JÄGER Jaja!

Beide nehmen ein paar Schluck aus dem Fäßchen.

ERSTER JÄGER Du, da steht ein Elefant auf der Lichtung!

ZWEITER JÄGER Wie bitte?

ERSTER JÄGER Dort! Ich seh' ihn doch!

ZWEITER JÄGER Das glaubt uns kein Mensch! Wo??

ERSTER JÄGER Dort, wo ich voriges Jahr den Reisinger angeschossen hab'!

ZWEITER JÄGER Am Blasenstein?

ERSTER JÄGER Nein, das war die Rita im März! Hier, mein' ich, neben der Waschföhre!

ZWEITER JÄGER Jetzt seh' ich auch was! – Das ist doch kein Elefant, du Dalm!

ERSTER JÄGER Eindeutig!

ZWEITER JÄGER Geh! Das ist eindeutig ein Nashorn! Ein grünes!

ERSTER JÄGER Ich werde doch ein grünes Nashorn von einem Elefanten unterscheiden können!

ZWEITER JÄGER Na und wo, bitteschön, hat's den Rüssel?

ERSTER JÄGER Den Rüssel? – Den hat er halt nicht mit!

ZWEITER JÄGER Ein Rüssel ist doch keine Handtasche, die man zu Hause läßt!

ERSTER JÄGER Ich hab' nicht gesagt, das ist ein Elefant mit einer Handtasche.

ZWEITER JÄGER Außerdem ist ein Elefant nicht grün!

ERSTER JÄGER Bitteschön, ein Nashorn aber auch nicht!

ZWEITER JÄGER Doch! Ein verschimmeltes!

ERSTER JÄGER Das ist kein verschimmeltes Nashorn! Das ist ein ganz normaler Elefant!

ZWEITER JÄGER Ohne Rüssel! Daß ich nicht lach', haha!

Beide starren angestrengt durch den Morgennebel.

ERSTER JÄGER So, jetzt haben wir ihn vertrieben!

ZWEITER JÄGER Weg ist es!

ERSTER JÄGER Wir sollten uns die Treten anschauen im Grundholz und die Lesung!

Die Jäger steigen vom Hochstand und folgen der Fährte.

ZWEITER JÄGER Das war ein USO!

ERSTER JÄGER Ich hab' geglaubt, ein Jenewein!

ZWEITER JÄGER Nein, nicht das Faß! Das Viech!

ERSTER JÄGER Ein USO??

ZWEITER JÄGER Ja! USO – Unidentified standing object!

ERSTER JÄGER Das glaubt uns kein Mensch!
ZWEITER JÄGER Sag' ich ja! Jetzt brauch' ich einen Schluck! Prost!
ERSTER JÄGER Ich auch! Prooooooooooo ... *(Fällt vom Hochstand)*

UNHEIMLICHE VERWECHSLUNG DER DRITTEN ART

Lukas Resetarits als Männlein
Dolores Schmidinger als Weiblein

Im Stall eines kleinen Bauernhofes in Oberloisdorf im Burgenland stehen eine Kuh, ein Schwein und ein Hahn.
Da stürzt mit ohrenbetäubendem Krach eine Fliegende Untertasse durchs Dach und bleibt der Höhe nach im Gatsch stecken.
Der Deckel fällt scheppernd zu Boden, und heraus steigt ein gelbes Männlein mit grünen Streifen.

MÄNNLEIN Vertrampelt noch zweimal! Diese harten Landler machen michi noch krankl!

KUH Muh!

MÄNNLEIN Iiih! Ein Eingebohrter! *(Zur Kuh)* Wir sünd vom Moneten Jubitter vom Andromedahebel und kommen in friedhofer Absdorf!

KUH Muh!

MÄNNLEIN Mu?

KUH Muh!

MÄNNLEIN *(ratlos)* Ich verstempel eure Plache nicht! *(Ruft Richtung Untertasse)* Margarine! Frau einmal her!

Aus der Untertasse schaut ein weibliches Männlein heraus, ebenfalls gelb, aber mit rosa Streifen.

WEIBLEIN Was frißt denn schon widder?
MÄNNLEIN Beißt du, was „mu" schmeißt?
WEIBLEIN Mu? *M*eine *U*ntertasse!
MÄNNLEIN *(zur Kuh)* Wo frißt deine Untertasse?
SCHWEIN Grunz!
MÄNNLEIN *(zu Weiblein)* Was schmeißt das widder?
WEIBLEIN Grunz? *G*eh *R*ichtung *U*nterpullendorf *n*ach Zistersdorf.
MÄNNLEIN Zistersdorf? Was soll torte sein?
KUH Muh!
MÄNNLEIN Bach so! Deine Untertasse!
HAHN Kikeriki!
MÄNNLEIN Kikeriki? *(Schaut Weiblein fragend an)*
WEIBLEIN *K*riminelle *i*ntergalaktische *K*akerlaken *e*ntführten *ri*esige *k*rumschtlose *I*mschtl!
MÄNNLEIN Was frißt krumschtlose Imschtl?
WEIBLEIN Schmeiß ich auch nicht!
MÄNNLEIN *(zu den Tieren)* Und diese kriminellen Kakerlaken haben eich hier

eingesperrholzt? Diese Zerbrecher! Die verhören vor ein Gesicht! Ich ferdl eich freilassing!

Er macht die Stalltür auf, alle Viecher rennen begeistert hinaus. Draußen hört man den Bauern laut schimpfen.

MÄNNLEIN *(erbleichend)* Ein Kakerlak!
BAUER *(von draußen)* Einigeh miteinand!!
MÄNNLEIN Was sagt er?
WEIBLEIN Einigen wir uns miteinander!
MÄNNLEIN Gott sei Frank! *(Tritt in den Hof hinaus)* Schließt doch Friedl miteinander! Wir spinnt doch alle Prüder!
BAUER Ahhhhhhhhhhh!!

20.000 MEILEN UNTER DER ALTEN DONAU

Kirk Douglas als Kapitän Nemo
Herbert Grönemeyer als Matrose

MATROSE Wir haben uns verirrt, Sir!
KAPITÄN NEMO Fertig machen zum Auftauchen!
MATROSE Ay, Sir!
KAPITÄN NEMO Sehrohr ausfahren!
MATROSE Ay, ay, Sir!
KAPITÄN NEMO Was sehen Sie?
MATROSE Eine Luftmatratze mit Besatzung, Sir!
KAPITÄN NEMO Zeigen sie Flagge?
MATROSE Nein, die Zunge, Sir!
KAPITÄN NEMO Entfernung?
MATROSE Einen halben Meter, Sir!
KAPITÄN NEMO Tauchen!
MATROSE Geht nicht, Sir, sie halten uns am Sehrohr fest!
KAPITÄN NEMO Wie stark ist der Feind?
MATROSE Ungefähr hundert Kilo, Sir!
KAPITÄN NEMO Volle Kraft nach unten!
MATROSE Ay, ay, Sir!

– Bumm –

MATROSE Wir sitzen auf Grund, Sir!

KAPITÄN NEMO Wieder auftauchen!

MATROSE Wir sind aufgetaucht, Sir!

KAPITÄN NEMO Was jetzt! Auf Grund oder aufgetaucht?

MATROSE Beides, Sir! Die See ist hier nur drei Meter tief!

KAPITÄN NEMO Nehmen Sie Kontakt mit dem Feind auf!

MATROSE Ay, ay, Sir! *(Er öffnet die Luke)*

KAPITÄN NEMO *(schaut raus)* Ich möchte mit dem Ersten Offizier Ihrer Flotte sprechen!

DICKER MANN *(auf der Luftmatratze)* A Flotte ham ma scho! Die Wiesel Annemarie!

ANNEMARIE *(in einem Schlauchboot, mit einer Rotweinflasche in der Hand)* Prost, Käpten!

Stürmische Heiterkeit außerhalb des Bootes.

DAS KOTRÄPPCHEN UND DER WÖSE BOLF

Kinderfilm für den Logopädieunterricht,
Abteilung Legastenie

Tina Turner als Koträppchen
Nack Jicholson als wöser Bolf

Im Wald.

WÖSER BOLF Aber Koträppchen, was hast du denn da in keinem Dorb drinnen?

KOTRÄPPCHEN Ich bringe meiner Moosgrutter Weichen und Kun!

WÖSER BOLF Ei, ei!

Der wöse Bolf väuft loraus zur Moosgrutter und fraußt sie if. Da dommt kas Koträppchen herein und sieht den wösen Bolf als Moosgrutter im Lett biegen.

KOTRÄPPCHEN Aber Moosgrutter, rawum hast du denn so auße Grogen?

WÖSER BOLF Damit ich dich besser kehen sann!

KOTRÄPPCHEN Aber Moosgrutter, rawum hast du denn so ohse Groren?

WÖSER BOLF Damit dich ich besser köhren hann!

KOTRÄPPCHEN Aber Moosgrutter, rawum hast du denn so einen moßen Grund?

WÖSER BOLF Damit dich ich fresser bessen kann!

Der wöse Bolf frißt das Koträppchen und begt sich wieder ins Nett. Da kommt ein Mägersjann, holt alle wieder rerhaus und näht Beine in den Stauch vom wösen Bolf. Der wöse Bolf acht wauf.

WÖSER BOLF Was pumpelt und rumpelt in beinem Mauch?

Er will Trasser winken und fällt dabei in bren Dunnen! Die Moosgrutter, das Koträppchen und der Mägersjann tanzen um bren Dunnen und singen:

ALLE Der Tolf ist wot, der Tolf ist wot!

COLUMBUS

Gérard Depardieu als Columbus
Roman Polanski als Häuptling

Christoph Columbus betritt eben und zum ersten Mal die Neue Welt.

COLUMBUS Ich danke meinem Schicksal, daß ich diesen Tag erleben darf!

Die Schiffsmannschaft sinkt erschüttert in die Knie. Da kommt eine Gruppe Wilder im Bastrock aus dem Urwald.

COLUMBUS Oh, ihr Eingeborenen des fremden Eilandes, unbekümmerte Kinder der fernen Natur, führt mich zu eurem Häuptling!

HÄUPTLING *(tritt vor)* Haben Sie etwas zu verzollen?

COLUMBUS Wie bitte??

HÄUPTLING Spirituosen, ein Schlauch frei, Zigarren pro Mann eine Schachtl, Ihr Visum bitte!

COLUMBUS Visum?? Ich habe Sie doch eben erst entdeckt!

HÄUPTLING Entdeckungssteuer sind zwanzig Prozent auf alle Beutestücke! Dienstleistungen, wie Sklaverei oder Verschleppung, sind mit zehn Prozent belastet. Haben Sie jetzt ein Visum oder nicht?

COLUMBUS Woher denn?

HÄUPTLING *(ritzt in Tontafel)* Name?

COLUMBUS Christoph Columbus!

HÄUPTLING Geboren?

COLUMBUS 1451

HÄUPTLING Wo?

COLUMBUS Genua.

HÄUPTLING Beruf?

COLUMBUS Entdecker Amerikas!

HÄUPTLING *(holt eine halbe Kartoffel hervor und stempelt damit das Visum ab)* Macht siebzehn Kartoffel fünfzig!

COLUMBUS Nehmen Sie auch Gold?

HÄUPTLING Kurswert 2,7 zu hundert Kartoffeln macht eine halbe Unze.

COLUMBUS *(zahlt und bekommt das Visum)*

HÄUPTLING Pro Mann müssen Sie noch hundert Kartoffeln umtauschen!

Die Besatzung schaufelt tonnenweise Kartoffeln in die Boote.

COLUMBUS Das ist doch viel zu schwer! Wir kentern noch vor lauter Kartoffeln!

HÄUPTLING Dann essen Sie es auf!

COLUMBUS Das Geld??

HÄUPTLING Erst wenn die letzte Kartoffel verladen und das letzte Schiff gesunken sein wird, werdet ihr draufkommen, daß man Geld essen kann!

JENSEITS VON AFRIKA

Lukas Resetarits als Halbstarker
Jazz-Gitti als dessen Freundin
Horst Tappert als deutscher Tourist

Vor dem Gitter eines Geheges im Tiergarten Schönbrunn stehen ein engumschlungenes Paar und ein älterer Herr.

SIE Wau, was ist denn das für ein böses, böses Ungeheuer, Bärli?

ER Das ist einer der gefürchteten Flecktiger.

SIE Wau, ist der sehr gefährlich, Bärli?

ER Wahnsinnig. Am liebsten frißt er die Eingeborenen der afrikanischen Wüste.

TOURIST Nee, nee, gestatten Sie, daß ich mich vorstelle: Karlheinz Wuttke aus Bremen, aber im Interesse der humanistischen Allgemeinbildung muß ich doch einiges klarstellen. Erstens: Tiger haben keine Flecken, sondern Streifen, und zweitens leben sie nicht in der afrikanischen Wüste, sondern jenseits von Afrika im indischen Dschungel.

SIE Stimmt das, Bärli?

ER Aber nie und nimmer. Der kennt doch sicher nur die Bremer Stadtmusikanten. Wahrscheinlich meint er ein Zebra, das hat

Streifen. Außerdem kann der gefürchtete Flecktiger gar nicht im Dschungel leben, weil er dort nie 160 km/h laufen könnte.

SIE Wau, was du alles weißt, Bärli!

TOURIST Nee, nee, das ist wieder falsch, denn erstens meinen Sie einen Gepard, und zweitens läuft dieser nur 90 km/h.

SIE Stimmt das, Bärli?

ER Zum Teil. Denn eine Rasse des gefürchteten Flecktigers heißt „Pard". Davon gibt es wieder zwei Unterrassen: den schnellen „Lauf-Pard" und den langsamen „Geh-Pard", der schafft nur 90 km/h.

SIE Und dieses Monster frißt wirklich Menschen?

ER So ist es! Jeden Tag drei Stück!

SIE Wau, so ein kleines Tier und frißt drei Menschen am Tag.

ER Naja, die Menschen dort sind ja auch viel kleiner als hier. Man nennt sie Pigmente.

TOURIST Nee, nee, die Eingeborenen heißen nicht Pigmente, sondern Pygmäen.

SIE Stimmt das, Bärli?

ER Natürlich nicht. Die Pygmäen sind das Gebirge zwischen Frankreich und Spanien.

TOURIST Das sind die Pyrenäen!!

ER So ein Schwachsinn! Pyrenäen zünden Häuser an!

TOURIST Das sind Py-ro-ma-nen!!!!!

ER Blödsinn! Büromanen sind Menschen, die gern ins Büro gehen.

SIE Was du alles weißt, Bärli, das ist einfach toll! Wo hast du das nur gelernt?

TOURIST Vermutlich in der Baumschule.

ER Na, na, lieber Herr, mäßigen Sie sich, sonst verliere ich noch meinen natürlichen Respekt vor dem Alter und zerreiße Sie in der Luft, wie es auch der gefürchtete Flecktiger tun würde.

TOURIST Es gibt keine Flecktiger!!!

ER Vielleicht nicht in Bremen, aber bei uns in Schönbrunn schon.

TOURIST Das hier ist ein Leopard.

ER Mit solchen Ohren? Nie und nimmer!

SIE Schau einmal, Bärli, was da auf der Tafel

steht: Europäischer Luchs. Das ist aber sicher ein Druckfehler, oder?

TOURIST Lassen Sie mich mal gucken. – Tatsächlich, ein Luchs. Das ist mir allerdings sehr peinlich, mich so geirrt zu haben. Ich hoffe, Sie verzeihen mir meine Einmischung. Auf Wiedersehen.

Das Paar bleibt allein vor dem Käfig zurück.

ER Endlich ist er weg, dieser Besserwisser. Übrigens – das ist kein Druckfehler, sondern wirklich ein Europäischer Luchs. – Aber die afrikanischen Pigmente nennen ihn Flecktiger.

MORD IM ORIENT-EXPRESS

Peter Ustinov als Hercule Poirot
Charles Bronson als Kellner
Louis de Funès als Fahrgast

Wir befinden uns im Speisewagen des berühmten Orient-Express. Es ist Tea-time, und alle Tische sind mit Zigarren rauchenden Gentlemen besetzt, unter ihnen auch Hercule Poirot. Neben ihm sitzt ein nichtrauchender Fahrgast, der still seinen Tee trinkt. Von den anderen Reisenden auf ihn aufmerksam gemacht, tritt der Kellner, mit einer Zigarette im Mundwinkel, vor den Fahrgast.

KELLNER Verzeihen Sie, Sir, aber ich muß Sie darauf hinweisen, daß Sie sich im Raucherabteil befinden. Da die anderen Gäste sich gestört fühlen, muß ich Sie auffordern, sofort damit aufzuhören.

FAHRGAST Womit aufhören?

KELLNER Mit dem Nichtrauchen.

FAHRGAST Aber ich bin Nichtraucher.

KELLNER Und warum sind Sie dann nicht im Nichtraucherabteil?

FAHRGAST Weil es überfüllt ist.

KELLNER Und nur weil ein Nichtraucher wie Sie nicht zusammenrücken will, sollen wir Raucher darunter leiden? Wenn Sie jetzt nicht sofort zu rauchen beginnen, hole ich den Schaffner!

FAHRGAST Was ist denn so Schlimmes daran, wenn ich nicht rauche?

KELLNER Das fragen Sie noch? Wissen Sie eigentlich, was Sie nach jedem Atemzug wieder ausatmen?

FAHRGAST … Luft?

KELLNER Eben nicht! CO_2 atmen Sie aus, Kohlendioxyd, und das ist Gift, reinstes Gift.

FAHRGAST Und wenn ich rauche, ist das anders?

KELLNER Natürlich! Ein Raucher atmet Sauerstoff und Nikotin ein, welches sich in der Lunge zu Stickstoffoxyd verbindet, und das ist harmlos im Vergleich zu Kohlendioxyd.

FAHRGAST Das glaube ich nicht.

KELLNER Leider reagieren fast alle Nichtraucher so uneinsichtig wie Sie. Aber eine Studie der Universität Oxford hat ergeben, daß alle – ich betone: alle – Nichtraucher der letzten 150 Jahre gestorben sind.

FAHRGAST Und die Raucher nicht?

KELLNER Schon, aber nur, weil sie durch das CO_2 der Nichtraucher in Mitleidenschaft gezogen wurden.

FAHRGAST Das ist doch wieder nur so eine Hetzkampagne gegen die Nichtraucher. Aber damit Sie meinen guten Willen sehen, bin ich bereit, eine Zigarette zu rauchen. Sie haben doch sicher eine für mich.

KELLNER Das wird ja immer besser: zuerst nicht rauchen und dann auch noch keine Zigaretten! Aber damit auch Sie meinen guten Willen sehen, geben ich Ihnen eine; macht fünf Pfund.

FAHRGAST Fünf Pfund für eine Zigarette? Das ist ja Wucher!

KELLNER Vielleicht hat der Schaffner welche, die billiger sind.

FAHRGAST Nein, bleiben Sie da. Hier haben Sie das Geld, aber zuerst möchte ich noch das Fenster öffnen.

KELLNER Kommt gar nicht in Frage! Damit Sie noch mehr Sauerstoff vernichten können, sie Luftmörder, Sie!!!

FAHRGAST Jetzt ist es aber genug. Hier haben Sie einen Lungenzug voll CO_2: hhhhhhhhhh. Und gleich noch einen: hhhhhhhhhh.

KELLNER Hilfe! CO_2! Das ist mein Ende!

Durch das Ausatmen des Fahrgastes bricht der Kellner röchelnd zusammen. Die übrigen Reisenden flüchten in Panik, nur Poirot bleibt ruhig sitzen.

REISENDE *(durcheinander)* Zigarette sich, wer kann! Ein Amokatmer! Er hat ihn niedergehaucht! Er wird uns alle umbringen!

FAHRGAST Kommt mir nur nicht zu nahe, sonst werdet ihr es am eigenen Leib erfahren, wie gefährlich es ist, Raucher zu sein.

POIROT Hercule Poirot kennt keine Angst, nicht einmal vor dem gefährlichsten CO_2-Mörder der letzten Jahre, den ich soeben auf frischer Tat ertappt habe.

FAHRGAST Es war Notwehr.

POIROT In 67 Fällen. Und immer im Orient-Express? Immer nur Raucher? Das ist kein Zufall.

In diesem Moment holpert der Zug über die Weichen des Bahnhofes von Wien-Hütteldorf, wodurch der Mörder Schluckauf bekommt.

FAHRGAST Hick! – Ach du liebe Zeit, ich habe mich verschluckt! Hick! – Eine Überdosis an CO_2, das überlebe ich nicht! Hick! – Schnell eine Zigarette, sonst muß ich ster–hick–ben. Hick!

Der Mörder fällt unter einen Tisch und stirbt.

POIROT Gentlemen, die Gerechtigkeit hat gesiegt, von nun an wird man wieder gefahrlos im Orient-Express rauchen können, soviel man will.

DIE AUTOREN

Muckenstruntz (der Kleine) heißt in Wirklichkeit Peter Traxler und wurde vor Jahren als Mensch geboren. Zufällig waren sowohl sein Vater als auch seine Mutter seine Eltern! Damit war auch schon die Grundlage gelegt zu seinem Leben. Er besitzt einen zahlreichen Bruder und keine einzigen Schwestern – im Gegensatz zu seinem Kollegen Bamschabl alias Wolfgang Katzer, der auch keine einzige Schwester hat, sondern zwei.

Auch er wurde seinerzeit geboren. Das waren die ersten (damals freilich noch nicht erkannten) Gemeinsamkeiten der beiden.

Traxler und Katzer trafen das erste Mal zusammen, als sie einander kennenlernten. Dabei wurde ihnen so richtig klar, daß sie einander bisher ganz aus den Augen verloren hatten, bevor sie sich beruflich in die Haare gerieten.

Beide sind trotz des großen internationalen Erfolges nicht vernünftiger geworden.

Mitgeschrieben hat auch ein Gastautor: Wolfgang Equiluz. Beginn des Schreibstudiums mit sechs Jahren. Schon vier Jahre danach Beherrschung aller Buchstaben, mit Ausnahme des harten , welches er bis zum heutigen Tage noch nicht fehlerlos schreiben kann.

Deshalb vermeidet er geschickt in seinen Texten Worte, in denen ein  vorkommt.

Ende